dtv

Acht Jahre alt ist Vi, als sie mit ihrer Mutter und den drei großen Brüdern aus Vietnam nach Kanada flieht. Erst Jahre später, längst erwachsen, kehrt sie nach Vietnam zurück, in ein Land, das ihr fremd geworden ist. Umso stärker ist die Gegenwart der Erinnerungen: an die abgöttische Liebe der Mutter zu ihrem Mann, den sie im entscheidenden Moment allerdings zurücklässt, um die Kinder zu retten. An Ha, die kluge und elegante Freundin der Mutter, die Vi ermunterte, sich aus der Tradition zu lösen und ein selbstbestimmtes Leben zu führen. Und an den Geschmack der Sehnsucht, der in all den liebevoll zubereiteten Mahlzeiten der Mutter immer präsent war.

Kim Thúy, 1968 in Saigon geboren, floh als Zehnjährige zusammen mit ihrer Familie in den Westen. Sie arbeitete als Übersetzerin und Rechtsanwältin und war Gastronomin, Kritikerin und Moderatorin für Radio und Fernsehen. Als Autorin wurde sie mit ihrem in zahlreiche Sprachen übersetzten Bestseller ›Der Klang der Fremde‹ bekannt. Kim Thúy lebt mit ihrem Mann und zwei Kindern in Montreal.

Kim Thúy

Die vielen Namen der Liebe

Roman

Aus dem Französischen
von Andrea Alvermann und
Brigitte Große

Von Kim Thúy ist bei dtv außerdem lieferbar:
Der Klang der Fremde (14415)
Der Geschmack der Sehnsucht (14446)

Ausführliche Informationen über
unsere Autoren und Bücher
www.dtv.de

2019 dtv Verlagsgesellschaft mbH & Co. KG, München

Die französischsprachige Originalausgabe erschien 2016 unter dem
Titel ›Vi‹ bei Libre Expression in Montréal.

Umschlaggestaltung: Wildes Blut, Atelier für Gestaltung,
Stephanie Weischer unter Verwendung zweier Fotos von
Trevillion Images/Marc Owen
Satz: C.H.Beck.Media.Solutions, Nördlingen
(Satz nach einer Vorlage des Verlags Antje Kunstmann)
Druck und Bindung: Druckerei C.H.Beck, Nördlingen
Gedruckt auf säurefreiem, chlorfrei gebleichtem Papier
Printed in Germany · ISBN 978-3-423-14693-7

ICH WAR ACHT JAHRE ALT, als das Haus in Schweigen versank.

Unter dem zusätzlichen Ventilator an der elfenbeinfarbenen Wand des Esszimmers hing ein großer, fester, leuchtend roter Karton, der einen Block aus dreihundertfünfundsechzig Blättern hielt. Jedes Blatt zeigte das Jahr, den Monat, den Wochentag und zwei Daten: eins nach dem Sonnenkalender und eins nach dem Mondkalender. Sobald ich auf einen Stuhl klettern konnte, war mir die Freude vorbehalten, nach dem Aufstehen eine Seite abzureißen. Ich war die Hüterin der Zeit. Dieses Privileg wurde mir entzogen, als meine älteren Brüder Long und Lộc siebzehn Jahre alt wurden. Wir feierten ihren Geburtstag nicht, und meine Mutter weinte von da an jeden Morgen vor dem Kalender. Es war, als ob sie sich mit jedem Tagesblatt, das sie abriss, selbst zerriss. Das sonst so einschläfernde Ticktack der Standuhr zur nachmittäglichen Siesta klang auf einmal wie das Ticken einer Zeitbombe.

Ich war das Nesthäkchen, die kleine Schwester meiner drei großen Brüder, von allen beschützt wie ein kostbares Parfumfläschchen in einer Vitrine. Obwohl die Sorgen der Familie wegen meines Alters von mir ferngehalten wurden, wusste ich doch, dass die beiden Ältesten an ihrem achtzehnten Geburtstag in den Krieg müssten. Und egal, ob man sie nach Kambodscha in den Kampf gegen Pol Pot schicken würde oder an die Grenze zu China, auf allen Schlachtfeldern drohte ihnen dasselbe Schicksal, derselbe Tod.

MEIN GROSSVATER VÄTERLICHERSEITS bekam von der rechtswissenschaftlichen Fakultät der Universität Hanoi ein Diplom »als Eingeborener« verliehen. Frankreich sorgte für die Bildung seiner Untertanen, Abschlüsse aus den Kolonien waren aber weniger wert. Vielleicht zu Recht, denn das wirkliche Leben in Indochina hatte nichts mit dem in Frankreich zu tun. Dafür waren Lehrpläne und Prüfungsfragen überall gleich. Auf die schriftlichen Abiturprüfungen, so hatte Großvater uns oft erzählt, folgte noch eine Reihe mündlicher Prüfungen. So übersetzte er etwa vor dem Kollegium ein Gedicht aus dem Vietnamesischen ins Französische und ein anderes andersrum. Auch mathematische Aufgaben musste er mündlich lösen. Die schwierigste Prüfung aber bestand darin, die Feindseligkeit derer auszuhalten, die über seine Zukunft entscheiden würden, und sich davon nicht aus dem Konzept bringen zu lassen.

Die Unnachgiebigkeit der Lehrer wunderte die Schüler nicht, standen doch Intellektuelle, zu denen die Lehrer gehörten, in der sozialen Hierarchie an der Spitze der Pyramide. Dort thronten sie als Weise und ließen sich von ihren Schülern ihr Leben lang als »Professor« titulieren. Da sie die Hüter der absoluten Wahrheit waren, war es unvorstellbar, etwas, was sie sagten, in Zweifel zu ziehen. Deshalb hatte mein Großvater sich auch nie gewehrt, wenn ein Lehrer ihm einen französischen Namen gab. Von seinen Eltern hatte er aus Unkenntnis oder aus einer Art Protest keinen bekommen. Dafür erhielt er in der Schule Jahr für Jahr von jedem Lehrer einen neuen Namen: Henri Lê Văn An, Philippe Lê Văn An, Pascal Lê Văn An … Von all diesen Namen behielt er Antoine und machte Lê Văn An zu seinem Nachnamen.

MIT DEM DIPLOM IN DER TASCHE ZURÜCK in Saigon, wurde mein Großvater väterlicherseits zu einem geachteten Richter und äußerst wohlhabenden Grundbesitzer. Aus Stolz darauf, sich ein Reich und einen Ruf erschaffen zu haben, um die ihn viele beneideten, wiederholte er seinen Namen bei jedem seiner Kinder: Thérèse Lê Văn An, Jeanne Lê Văn An, Marie Lê Văn An ... und auch bei meinem Vater, Jean Lê Văn An. Anders als ich war mein Vater der einzige Junge in einer Familie mit sechs Töchtern. Genau wie ich kam er als Letzter zur Welt, als schon niemand mehr auf einen Bannerträger gehofft hatte. Seine Geburt veränderte das Leben meiner Großmutter, die bis dahin tagtäglich die Kommentare der Lästermäuler ertragen hatte, weil sie ihrem Mann keinen Erben gebar. Sie war zerrissen zwischen dem Wunsch, seine einzige Frau zu sein, und der Pflicht, ihm eine Zweitfrau zu suchen. Zu ihrem Glück entschied sich ihr Mann für das monogame französische Modell. Oder vielleicht hat Großvater Großmutter, die in ganz Cochinchina für ihre anmutige Schönheit und Sinnlichkeit bekannt war, auch einfach geliebt.

GROSSMUTTER UND GROSSVATER väterlicherseits waren einander frühmorgens auf dem schwimmenden Markt von Cái Bè begegnet, einem Distrikt, der, halb Land, halb Wasser, an einem der Arme des Mekong liegt. Seit 1732 bringen Händler Tag für Tag ihre Obst- und Gemüseernte in diesen Teil des Deltas, um sie an Großhändler zu verkaufen. Von fern erweckt das mit dem lehmigen Braun des Flusses verschwimmende Braun des Holzes den Eindruck, Melonen, Ananas, Pomelos, Kohl und Kürbisse schwebten von selbst über das Wasser bis zu den Männern, die sie ab Tagesanbruch am Kai erwarten, um sie im Flug zu fangen. Noch heute übergeben sie Obst und Gemüse von Hand zu Hand, als würde die Ernte ihnen anvertraut und nicht verkauft. Hypnotisiert von diesen wiederholten synchronen Bewegungen, stand Großmutter am Fähranleger, als mein Großvater sie erblickte. Erst blendete ihn die Sonne, dann das Mädchen mit den besonders ausgeprägten Kurven, betont vom Faltenwurf der vietnamesischen Tracht, die keine plötzlichen Bewegungen gestattet und schon gar keine taktlosen Absichten. Druckknöpfe an der Seite schließen das Kleid, ohne es zu befestigen. So führt eine einzige heftige oder schnelle Bewegung dazu, dass es sich plötzlich völlig öffnet. Deshalb mussten die Schülerinnen ein Leibchen darunter tragen, um versehentliche Unschicklichkeiten zu vermeiden. Aber nichts kann die zwei langen Schöße der Tunika daran hindern, dem Atem des Windes zu gehorchen und so die Herzen zu fangen, die der Macht der Schönheit nur schwer widerstehen.

Mein Großvater tappte in diese Falle. Bezaubert vom sanften Wirbeln dieser Flügel, erklärte er seinem Kollegen, er würde Cái Bè nicht ohne diese Frau verlassen. Bevor er die Hände meiner Großmutter berühren durfte, war er gezwungen, ein anderes Mädchen, das ihm versprochen war, zu kränken und sich mit den Älteren seiner Familie zu entzweien. Einige glaubten, er habe sich in ihre Mandelaugen mit den langen Wimpern verliebt, andere, es seien ihre vollen Lippen gewesen, und viele waren überzeugt, ihre runden Hüften hätten ihn verführt. Doch niemandem waren ihre schmalen Finger aufgefallen, mit denen sie ein Notizheft an die Brust drückte, außer meinem Großvater, der sie über Jahrzehnte beschrieb. Er erwähnte sie noch lange nachdem ihre welkende Haut die zarten, glatten Finger in ein Wunschbild der Fantasie verwandelt hatte oder allenfalls ein Liebesmärchen.

DIE SCHULE FÜR TRADITIONELLE KUNST in Biên Hòa war auf dem Höhepunkt ihres Ruhms, als meine Großeltern sie besuchten, um die siebte Keramik für ihr siebtes Kind zu kaufen. Sie schwankten zwischen einem blau gesprenkelten Kupferton und einer Seladonglasur, als Großmutter Fruchtwasser verlor. Ein paar Wehen später war mein Vater geboren. Wie ein Wunder empfing mein Großvater vierzehn Tage früher als vorgesehen einen Sohn. Seinen einzigen Sohn.

Großmutter trug meinen Vater mit ihren Feenfingern auf Händen. Das taten auch seine sechs älteren Schwestern. Und die sechsundzwanzig Ammen und Kinderfrauen, Köchinnen und Dienstmädchen. Nicht zu vergessen die sechshundert Frauen, die sein schön geschnittenes Gesicht, seine breiten Schultern, seine athletischen Beine und sein verführerisches Lächeln anbeteten und ihn mit offenen Armen aufnahmen.

Er hätte Naturwissenschaften studieren können oder Recht wie seine Schwestern. Doch die Zuneigung der einen und die Liebe der anderen lenkten ihn von den Büchern ab und erstickten jeden Wunsch. Wie soll man sich auch etwas wünschen, wenn alles im Voraus erfüllt ist? Bis zu seinem fünften oder sechsten Lebensjahr berührte stets der Sauger einer Flasche mit warmer Milch seine Lippen, bevor er die Augen aufschlug. Niemand wagte es, ihn zum Unterricht zu wecken, weil seine Mutter allen verboten hatte, seine Träume zu stören. Seine Amme brachte ihn zur Schule, wo sie mit ihm gemeinsam Lesen lernte. Während seiner Klavierstunden zankten sich die

Hausmädchen darum, welche von ihnen mit dem Sandelholzfächer die Luft um ihn erfrischen und seinem Nacken Kühlung zufächeln durfte. Seinen Klavierlehrer gewann er, weil er beim Einspielen mitsang. Je mehr Jahre vergingen, desto mehr Menschen lauschten vor dem Haus den Melodien, die er für den Moment erfand, ohne den geringsten Ehrgeiz, etwas Unsterbliches zu schaffen. Anstrengung langweilte ihn, ebenso wie die Hände, die unaufhörlich Schweißtropfen von seiner Nase wischten. Dennoch traute er sich nicht, eine von all diesen Aufmerksamkeiten zurückzuweisen, weil in seinem Fall das Nehmen Geben war.

So wuchs mein Vater in der Leichtigkeit, aber auch in der Leere der Schwerelosigkeit auf. Seine Zeit bemaß sich nicht nach Stunden, sondern eher nach der Zahl seiner Züge auf dem chinesischen Schachbrett oder nach der Zahl der Strafen, die seine Mutter über die Dienstmädchen verhängte, wenn sie eine Schale oder einen Besen fallen ließen, während er ruhte, oder nach der Zahl der Liebesbriefe, die ohne Absender in den Briefkasten geworfen wurden.

Die Früchte des Lê-Văn-An-Imperiums hätten ihm ein müheloses Leben am Rand der Gesellschaft sichern können. Glücklicherweise liebt das Leben Überraschungen und die ständige Veränderung in der Ordnung der Dinge, um allen die Gelegenheit zu geben, seinen Bewegungen zu folgen und in ihm aufzugehen. Mein Vater war kaum zwanzig, als die Agrarreform die Erträge und den Grundbesitz des Lê-Văn-An-Imperiums halbierte.

Zum ersten Mal hatten die Bauern die Chance, das Land, das sie beackerten, auch zu besitzen. Parallel zu dieser neuen Politik erlitt mein Großvater einen Herzinfarkt, der ihn selbst halbierte. Ohne diese Erschütterungen hätte mein Vater meine Mutter wohl nie geheiratet.

DIE MÄDCHEN AUS ĐÀ LẠT waren für ihren blassen Teint und ihre rosigen Wangen bekannt. Manche meinen, die frische Luft der Hochebenen lasse sie so strahlen, während andere ihre sanften Bewegungen dem Nebel zuschreiben, der über den Tälern liegt. Meine Mutter war eine Ausnahme von dieser Regel. Sehr schnell und sehr früh fand sie sich damit ab, dass nie ein Junge zu ihr sagen würde: »Du bist mein Frühling«, obwohl ihr Vorname Xuân Frühling bedeutete und sie an einem Ort lebte, der »Stadt im ewigen Frühling« genannt wurde. Meine Mutter hatte nicht die weiche, zarte Haut meiner Großmutter geerbt. Sie trug eher die Khmer-Gene ihres Vaters in sich, wovon ihr grobes Gesicht zeugte, das während der Pubertät außerdem noch von Akne verunstaltet wurde. Um die Blicke der Lästermäuler abzuwehren und deren Lippen zu verschließen, hatte sie beschlossen, eine wilde Frau zu werden, bewaffnet mit einem eisernen Willen und harten, männlichen Worten. Von der ersten Vorschulklasse bis zum letzten Schuljahr war sie immer die Beste. Ohne den Beginn ihres Wirtschaftsstudiums abzuwarten, übernahm sie schon in jungen Jahren die Führung der elterlichen Orchideenfarm, diversifizierte und reorganisierte die Produktion und machte daraus ein Unternehmen mit exponentiellem Wachstum.

Ihren Vater, einen hohen Beamten, bat sie um die Erlaubnis, die Villa, die sie an Feriengäste vermieteten, mit einigen Verbesserungen auszustatten. Bald hatte sie ihn auch davon überzeugt, weitere Häuser zu kaufen, um die starke Nachfrage zu befriedigen. Viele suchten nach einem Ort, der sie an Europa erinnerte, fern von einem Alltag, den tropische Hitze und die Spannungen zwischen Herrschenden und Beherrschten oft erstickend machten. Es hieß, dass Đà Lạt, wie sein Name verriet, die Macht habe, den einen Freude und anderen Frische zu schenken.

Meine Mutter war fünfzehn, als mein Vater zum ersten Mal in die Villa in Đà Lạt kam. Er bemerkte sie nicht, denn wenn er vorbeiging, senkte sie den Blick, um sich nicht zu verraten. Während dieses ersten Aufenthalts der Familie des Richters Lê Văn An beobachtete sie ihn nur von fern. Ab dem folgenden Jahr bestand sie darauf, sich an der Zubereitung des Essens zu beteiligen, und überwachte jedes Detail, von den zu feinen Blüten geschnitzten Karotten in den Saucen bis zu den Wassermelonenstücken, deren Kerne einzeln mit einem Zahnstocher entfernt wurden, um das Fruchtfleisch nicht zu verletzen.

Der Morgenkaffee musste aus den Exkrementen der Zibetkatze zubereitet werden, eine Spezialität, die ihm das Bittere nahm und ihm einen Karamellgeschmack verlieh. Den brachte sie meinem Vater persönlich auf die Terrasse, in der Hoffnung, ihm dabei zusehen zu können, wie er seine ebenholzfarbenen Haare à la Clark Gable mit Brillantine frisierte. Es verschlug ihr jedes Mal den Atem, wenn er den Kamm umdrehte und mithilfe seines spitzen Stiels eine kleine s-förmige Locke modellierte und in die Stirn fallen ließ. Doch obwohl sie nur wenige Schritte neben ihm stand, während der Kaffee Tropfen für Tropfen durch den Filter direkt in eines der vier kostbaren Baccarat-Gläser der Familie fiel, war sie für seine Augen unsichtbar. Sie verlängerte die Freude, sich in seiner Gesellschaft zu befinden, indem sie den Deckel des Filters zupresste und so das Durchlaufen des heißen Wassers durch die sehr kompakte Kaffeeschicht verlangsamte. Am Ende hielt sie einen Löffel mit der gewölbten Seite unter den Filter, was das Tropfen versiegen ließ. Wie alle Vietnamesen süßte mein Vater seinen Kaffee mit gezuckerter Kondensmilch, außer dem ersten Schluck, den er am liebsten schwarz trank. Und nach diesem ersten Schluck war es, dass er endlich meine Mutter ansprach.

ÜBERRASCHT VON DEM BESONDEREN, samtigen Geschmack des Kaffees, schaute er meine Mutter an. Sie verriet ihm das Geheimnis, indem sie ihm eine unförmige kleine Kugel mit Kaffeebohnen darin zeigte, wie sie in der Gegend der Plantagen von Buôn Mê Thuột gesammelt werden. Diese Kugeln sind der Kot der wilden Zibetkatzen, die reife Kaffeekirschen fressen und die Bohnen nach der Verdauung vollständig ausscheiden. Da die Kulis kein Recht auf die Früchte hatten, die sie auf Rechnung der Grundbesitzer pflückten, nutzten sie die Bohnen aus diesen Exkrementen, die sich als köstlicher und vor allem seltener als die normal geernteten erwiesen. Mein Vater verfiel diesem Kaffee sofort. Meine Mutter diente sich ihm freiwillig als Lieferantin an und erläuterte ihm detailliert die während der Röstung sparsam hinzugefügten Aromen, darunter kostbare, aus Frankreich importierte Butter. Alle zwei Wochen packte sie gewissenhaft ein Säckchen voll Kaffee, das sie oder ein Angestellter meinem Vater zu seinen Händen übergab. Diese Gewohnheit behielt sie auch in der Regenzeit bei, während der Demonstrationen in den Straßen Saigons, nach der Ankunft der Sowjets im Norden und dem Einmarsch amerikanischer Soldaten im Süden.

Wenn die Familie Lê Văn An nach Đà Lạt kam, kümmerte sich meine Mutter weiter um die Bedürfnisse meines Vaters, vom Kaffee morgens bis zum Moskitonetz, das man zwischen Bett und Matratze stecken musste. Nach dem Herzinfarkt meines Großvaters väterlicherseits luden die Eltern meiner Mutter ihn ein, öfter mit seiner Familie zu kommen, denn die Luft in Đà Lạt war für ihre wohltuende Wirkung bekannt. Nach und nach wurde eine der Villen zum Wohnsitz der Familie meines Vaters, auch wenn ihr nun die Mittel fehlten, sich diesen Aufenthalt zu leisten. Meine Mutter war glücklich, wenn sie die Spuren meines Vaters auf den Wegen des Rosengartens sah oder nachts seine Stimme zwischen den Pinien erklingen hörte.

Reformen und politische Veränderungen machten die Familie Lê Văn An bedeutend ärmer. Trotz seiner sorglosen Miene fürchtete mein Vater um sein angenehmes Leben. Das Rauschen einer hohlen Muschel ließ in ihm das Bild eines schönen Prinzen ohne Reich aufsteigen. Die Angst vor dem Fall brachte ihn dazu, die Hand meiner Mutter im Fluge festzuhalten. Nur ein einziges Wort kam ihm über die Lippen: »Xuân.« Und dieses einzige Wort meines Vaters genügte meiner Mutter, ihm ein Versprechen für die Ewigkeit zu geben: »Ja, ich werde mich um alles kümmern.«

DIE HOCHZEIT MEINER ELTERN war das Ereignis der Saison in Đà Lạt. Um die Neugier der Angestellten und Einwohner der Stadt zu stillen, defilierten meine Eltern im Cabrio um den Hồ-Xuân-Hương-See, bevor sie zu dem Empfang kamen, wo die Honoratioren und Würdenträger der Region schon auf sie warteten und alle Frauen auf eine unglückliche Zukunft meiner Mutter wetteten. Am Arm meines Vaters und begleitet von ihren Eltern und Schwiegereltern, begrüßte meine Mutter die Gäste an jedem Tisch. Mein Vater und meine beiden Großväter dankten allen für die Glückwünsche, stießen mit ihnen an und leerten gemeinsam mit dem Wortführer jedes Tisches ihr Glas auf Ex. Während die Männer tricksten und ihre Gläser mit Tee statt mit Whisky auffüllten, um die Runde durchzustehen, ohne umzufallen, fand meine Mutter Vergnügen daran, den Frauen ins Gesicht zu sehen, die sie seit ihrer Geburt ganz offen als »Affe«, »Wilde« oder »Transvestit« beschimpft hatten. Sie würden für den Rest ihres Lebens über die Entscheidung meines Vaters rätseln. Meiner Mutter konnten solche Beleidigungen nun egal sein, denn sie bewegte sich fortan in der Aura der Schönheit meines Vaters.

Die Hochzeit mit ihm tilgte ihre stumpfe Nase, ihre schweren Lider, ihr kantiges Kinn. Sie stellte sich als Madame Lê Văn An vor und hielt auch ihre Angestellten an, sie so zu nennen, denn jedes Mal, wenn dieser Name fiel, raunte mein Vater ihr zu, ihre Haare seien wie der Schleier der Wasserfälle von Prenn, ihre Augen so rund und glänzend wie die Kerne der Longanfrucht und vor allem, dass keine Frau ihn besser verstehe als sie. Schon im ersten Jahr ihrer Ehe schuf sie den Thron, auf dem sich mein Vater als Herrscher seines Königreichs fühlen konnte, indem sie eine Villa und ein Lager in Saigon erwarb. Mein Vater war der Herr und Meister über diese Anlaufstelle für Händler und Käufer, die dort ihre Bestellungen abgaben, und leitete offiziell das von meiner Mutter zusammengestellte Team. Meine Mutter erklärte den Angestellten, dass mein Vater an zahlreichen gesellschaftlichen Veranstaltungen teilnehmen müsse, weshalb es streng verboten sei, ihn morgens, mittags, während der Siesta oder in den Zeiten, in denen er nachdachte, zu stören … Alle Fragen sollten zuerst ihr vorgelegt werden, alle Entscheidungen meines Vaters seien vorrangig auszuführen.

MEINE MUTTER GING UM 4.30 UHR, nach dem Ende des Großmarkts, in ihr Büro, um die ersten Verkaufsberichte ihrer Angestellten entgegenzunehmen. Um sieben Uhr war sie wieder zurück in ihrem Haus, das ein paar Ecken weiter stand. Beide Besitze verdankte sie der Tatsache, dass sie sich auf chinesische Vorfahren berufen konnte. Chợ Lớn beherbergte und beherbergt auch heute noch eine chinesische Gemeinde, die für ihre Solidarität und ihr Handelstalent bekannt ist. Gontran de Poncins, ein französischer Freiherr und Autor, Abenteurer und Journalist, hatte sich dort 1955 niedergelassen, um ein Werk über die chinesische Kultur zu verfassen. Er vermutete, dass die traditionellen Bräuche sich in den Kolonien besser erhalten hätten als im Mutterland oder zumindest über einen längeren Zeitraum. Mein Großvater Lê Văn An führte darüber lange Gespräche mit Monsieur Poncins, ebenso wie über Yvon Petra, dem aus Chợ Lớn stammenden und bis heute letzten französischen Wimbledon-Sieger 1946, der auch als Letzter lange Hosen auf dem Tenniscourt trug. Dass er diese Kleidungstradition bis zum Ende hochhielt, lag nach der Überzeugung meines Großvaters an seiner Herkunft, denn alle Kinder Chợ Lớns praktizierten nicht nur jahrtausendealte Sitten und Gebräuche, sondern sprachen auch Vietnamesisch mit chinesischem Akzent, selbst wenn sie nie einen Fuß auf chinesischen Boden gesetzt hatten.

Mein Vater hat Chợ Lớn nie gemocht. Er bevorzugte die Innenstadt Saigons mit ihren französischen Cafés und amerikanischen Bars. Besonders gern trank er sein Bier auf der Terrasse des Hotels Continental, wo ausländische Journalisten ihre Tage damit verbrachten, Truppenbewegungen und die neuesten Hits zu analysieren. Nach Möglichkeit reservierte er immer den Tisch, an dem Anfang der Fünfzigerjahre der Kriegskorrespondent Graham Greene so gern gesessen hatte, um die Stadt zu beobachten und sich von seinen Tischnachbarn zu Figuren für seinen Roman *Der stille Amerikaner* inspirieren zu lassen.

AUF DEM HÖHEPUNKT DES LÊ-VĂN-AN-IMPERIUMS sammelte mein Großvater Häuser in den Hai-Bà-Trưng-Straßen verschiedener Städte, durch die er kam. Damit wollte er meine Tanten ermahnen, geistig unabhängig und vor allem kämpferisch zu sein, nach dem Vorbild der beiden Trưng-Schwestern, die die chinesische Armee abgewehrt und fünfundsechzig Städte und Dörfer drei Jahre lang regiert hatten, bevor sie ihre Macht verloren und Selbstmord begingen. Zu Ehren dieser seit fast zweitausend Jahren unumstrittenen Heldinnen überließ mein Großvater diese Häuser Nichten, Cousinen, Freundinnen und Stipendiatinnen für die Zeit ihres Studiums. Im Laufe der Jahre verwandelten die Nutznießerinnen ihre zeitweilige Bleibe in dauerhafte Wohnungen und gründeten dort ihre Familie.

Mein Vater hatte sich das Haus in der Hai-Bà-Trưng-Straße in Saigon angeeignet, wo er seine Geliebten und seine Freunde empfing. Sie trafen sich dort zum Pingpong oder Pokern mit ihrer jeweiligen Favoritin oder auch für »verbotene Spiele«, wie er in Anlehnung an einen berühmten französischen Film gern sagte, dessen Titelmelodie jeder junge Vietnamese lernte, der sich am Gitarrenspiel versuchte. Auch nach seiner Hochzeit nutzte er diesen Ort weiter zu denselben Zwecken, wie es viele Männer seiner Kreise machten. Aus Taktgefühl und um zu überleben überschritt meine Mutter nie die Schwelle dieses Hauses. Sie erinnerte nur den getreuen Diener meines Vaters daran, stets einen Teller mit frischem Obst bereitzustellen, getrocknete Krabben mit mariniertem wildem Knoblauch zum Reisschnaps und Baguette und Pasteten zum Wein.

Dieser Diener war und ist der engste Freund meines Vaters. Sie sind nur drei Monate auseinander. Meine Großmutter väterlicherseits hatte seine Mutter als Amme für meinen Vater eingestellt, ohne zu wissen, dass die junge Frau ihr Dorf verlassen hatte, um ihr Kind auszutragen. Die beiden Jungen wurden Brüder, die gemeinsam mit Murmeln spielten, Heuschreckenkämpfe und Schwertgefechte austrugen. Außerdem zogen sie Kampffische auf, jeden in einem Glas, mit Kartons dazwischen, um sie bis zum Kampf zu schonen. Manchmal erlaubten sie einander, die Kartons wegzunehmen, und bewunderten das Entfalten der Flossen. Der Blaue schlug mit seinem Schwanz einen Halbmond; der Weiße fegte mit seinen Volants durchs Wasser, als wäre sein langes Brautgewand leicht wie Luft; der Orange war weniger spektakulär, aber äußerst wertvoll, weil er nie aufgab; so angriffslustig der Orange war, so perfekt beherrschte der Gelbe die Kunst auszuweichen und geduldig den fatalen Moment abzuwarten, in dem er sich auf den Gegner stürzte. Die beiden Jungen brachten viele Stunden damit zu, über die Persönlichkeit ihrer Fische zu diskutieren und sie mit Fliegenlarven zu füttern. Ihre Leidenschaft für diese Fische aus dem stehenden Wasser der Reisfelder hielt sich bis ins Erwachsenenalter. Ihre Sammlung wuchs, als sie auch Weibchen aufziehen konnten und wussten, wie man sie in den Paarungsperioden den Männchen zuführte. Sie beobachteten genau, wie die Männchen zur Geburtsvorbereitung Blasennester bauten und die Weibchen verjagten, sobald sie darin abgelaicht hatten. Dann setzten sie die Weibchen in ein anderes Glas, damit sie den Nachwuchs nicht auffraßen. Die Jungen zogen ihre Fische gemeinsam groß, wie eine Familie, die nur ihnen gehörte. Sie hatten ihre Lieblinge, doch der Verlust jedes Einzelnen betrübte sie zutiefst.

MEIN VATER UND SEIN DIENER waren Brüder mit unterschiedlichen Familiennamen, unterschiedlichen Eltern und unterschiedlichen Schulen. Der eine ging in die Schule des Viertels mit einem Boden aus gestampfter Erde, der andere trug seine Bücher in einer Tasche aus Elefantenleder. Alle kannten die Schule meines Vaters, die nach Pétrus Ký benannt war, einem Intellektuellen, der die vietnamesische Schriftsprache nach dem römischen Alphabet statt in chinesischen Zeichen gelehrt und verbreitet hatte. Obwohl das Vietnamesische heute in Lautschrift notiert wird, tragen die meisten Wörter noch Spuren der ursprünglichen Ideogramme.

Mein Vorname, Bảo Vi, kündet von der Absicht meiner Eltern, »die Kleinste zu beschützen«. Wörtlich übersetzt, heiße ich »winzige Kostbarkeit«. Wie den meisten Vietnamesen gelang es mir nie, meinem Namen gerecht zu werden. Mädchen, die »Weiß« (Bach) oder »Schnee« (Tuyết) heißen, haben oft sehr dunkle Haut, Jungen mit dem Namen »Macht« (Hùng) oder »Stark« (Mạnh) fürchten sich vor großen Prüfungen. Ich wiederum wuchs unaufhörlich, bis ich den Durchschnitt bei Weitem überholt hatte, und übertrat mit dem gleichen Elan sämtliche Regeln. Die Lehrer setzten mich in die letzte Bank, um die Klasse besser überblicken zu können. Wenn sie die kleinste falsche Bewegung entdeckten, zitierten sie den Schuldigen augenblicklich zur Tafel, wo er sich unter den Blicken seiner sechzig Mitschüler mit offenen Händen hinstellen musste und mit dem Holzlineal auf die Handflächen oder die Gelenke geschlagen wurde. Danach fiel es ihm unglaublich schwer, die Feder zu halten, die Spitze ins Tintenfass zu tunken und ohne Zittern zu schreiben. Sosehr er sich auch bemühte und mit rosa Löschpapier in der linken Hand die Bewegung der Feder begleitete, um überschüssige Tinte aufzusaugen, gelang es ihm kaum, den Zwei-Millimeter-Linien der Séyès-Hefte zu folgen, ohne darüber hinauszufahren und Flecken auf die Blätter zu machen. So bekam er zu seinen geschwollenen Händen auch noch Punktabzüge wegen seiner Schmiererei. Gemessen an den Leichtsinnigen, die nach hinten versetzt wurden, war ich bestimmt eine Musterschülerin. Oder zumindest zarter, da ich mich nach Kräften bemühte, eine »Vi« zu sein, mikroskopisch klein. Unsichtbar.

Wäre mein Vater am Ende des Krieges ebenso unsichtbar gewesen wie ich, dann wäre er nicht verhaftet und in ein Umerziehungslager in der Gegend von Thủ Đức gesteckt worden, wo er seine tägliche Ration von zehn Erdnüssen mit seinen sechs Hüttenkameraden teilte. Da mein Vater für ein fürstliches Schicksal geboren war, wurde er nach zwei Monaten entlassen. Sein Dienerbruder hatte der Obrigkeit gegenüber erklärt, mein Vater habe seine Spionagetätigkeit für den kommunistischen Widerstand finanziell unterstützt und damit indirekt dem Norden geholfen, den Krieg gegen den Süden zu gewinnen. Indem er ihn so von dem Verdikt befreite, ein kapitalistischer Bürger zu sein, gelang es ihm, meinen Vater zu retten. Ohne das Eingreifen seines Feindbruders hätte mein Vater weiter Kanäle gegraben, Felder entmint und Land gerodet, zusammen mit den anderen Gefangenen, die nicht mehr darauf hofften, den Tag ihrer Befreiung zu erleben. Das Einzige, was sie noch zu hoffen wagten, war, dass eine Heuschrecke oder eine Ratte zum Abendessen vorbeilief, jede andere Überlegung konnte als Verrat am kommunistischen Denken ausgelegt werden. So wurde der Chirurg aus der Nachbarhütte, der ein paar winzige Reisfladen in der Sonne getrocknet hatte, beschuldigt, seine Flucht vorbereitet zu haben, statt sich auf seine Umerziehung zu konzentrieren. Dasselbe passierte einem Buchhalter, als er anderen Gefangenen erzählte, er habe Motorräder an der Nordseite des Gefängnisses vorbeifahren hören. Wenn mein Vater mitbekommen hätte, wie andere Männer auf die Wache zitiert wurden und nicht mehr ins Lager zurückkehrten, hätte er vielleicht beschlossen, aus Vietnam zu fliehen. Und hätte uns nicht alleingelassen auf unserem Weg ins Unbekannte. Dann wäre es ihm vielleicht, wie meiner Mutter, am wichtigsten gewesen, seine Söhne vor dem Militärdienst zu bewahren. So aber zog er sich lieber wieder in den Kokon seines Junggesellenheims zurück, weit weg von den Gezeiten des Lebens.

WIR VERLIESSEN VIETNAM gemeinsam mit Hà, einer engen Freundin meiner Mutter, und deren Eltern.

Hà war sehr viel jünger als meine Mutter. Mit ihren Minikleidern, die ein herzförmiges Muttermal an ihrem linken Oberschenkel entblößten, verkörperte sie Anfang der Siebzigerjahre die moderne, am amerikanischen Lebensstil orientierte Frau in Saigon. Ich erinnere mich an ihre unwiderstehlichen Plateauschuhe im Hauseingang, die mir, wenn ich hineinschlüpfte, ein Gefühl von Dekadenz gaben oder zumindest eine neue Perspektive auf die Welt. Hàs mascaraverkleisterte falsche Wimpern verwandelten ihre Augen in zwei Litschibäume mit buschigem Fell. Sie war unsere Twiggy mit ihrem apfelgrünen oder türkisfarbenen Lidschatten, der sich mit ihrer kupferfarbenen Haut biss. Anders als die meisten jungen Frauen schützte sie sich nicht vor der Sonne, um sich von den Reisbäuerinnen zu unterscheiden, die mit ihren bis über die Knie aufgekrempelten Hosen dem gleißenden Licht ausgesetzt waren, sondern bräunte am Pool des exklusiven Sportklubs, wo sie mir Schwimmen beibrachte. Die amerikanische Freiheit bedeutete ihr mehr als die Eleganz der französischen Kultur und gab ihr auch den Mut, sich am ersten Miss-Vietnam-Wettbewerb zu beteiligen, obwohl sie Englischlehrerin war.

Meine Mutter missbilligte diese Entscheidung, die einer gebildeten jungen Frau aus guter Familie nicht anstand. Dennoch unterstützte sie Hà, indem sie ihr das lange Kleid und den Badeanzug kaufte, die sie auf der Bühne tragen sollte, und sie gerades Gehen auf einer Fuge des

Fliesenbodens üben ließ – mit einem Wörterbuch auf dem Kopf, wie im Kino. Sie war wie eine große Schwester zu ihr und schützte sie vor bösen Zungen. Ich durfte mit Hà in die edlen Boutiquen an der Rue de Catinat einkaufen gehen und mit ihren ausländischen Freunden Zitronenlimonade trinken. Stolz wie ein Eroberer spazierte Hà durch diese Straße mit den großen Hotels. Die Stadt gehörte ihr. Ich fragte mich, ob meine Mutter sie um ihre Lässigkeit beneidete, die sie dank der Komplimente, mit denen ihre amerikanischen Professoren und Kollegen sie überschütteten, an den Tag legte. Sie feierten ihre Schönheit mit Schokoladentafeln, Lockenwicklern und Platten von Louis Armstrong, während ihr dunkler Teint unter Vietnamesen als »wild« galt. Meine Großeltern baten meine Mutter des Öfteren, mich aus dem Schwimmunterricht mit Hà zu nehmen. Ich ahne, dass meine Mutter ihnen deshalb nicht gehorchte und Hà in unserer Nähe behielt, weil sie hoffte, ich würde von Hà lernen, schön zu sein. Leider war meine Zeit mit Hà in Vietnam zu kurz. Oder ich lernte zu langsam.

1954 SPALTETE DER SIEBZEHNTE BREITENGRAD Vietnam in zwei Teile. Der 30. April 1975 markierte eine Grenze zwischen dem Davor und dem Danach, zwischen dem Ende des Krieges und dessen Folgen, zwischen der Macht und der Angst. Davor hörten wir Hàs Lachen, sobald sie den Motor ihres Rollers abgestellt hatte. Fröhlich spielte sie mit den Kindern auf der Straße Himmel und Hölle, neckte den Gärtner damit, wie unwiderstehlich er in seinem fadenscheinigen Hemd aussehe, und fürchtete sich auch nicht, wenn unsere Wachhunde sie anbellten … Danach heiratete Hà einen General aus Vinh, einer Stadt im Norden, die völlig zerbombt, aber noch voller umherirrender Seelen war, darunter die Eltern des Generals, die er nicht wiedergesehen hatte, bis sie unter den Trümmern begraben waren. Ohne diesen General wäre Hàs gesamte Familie in die unbewohnbaren Sumpfgebiete geschickt worden, die sich »Neue Wirtschaftszonen« nannten.

Als Gattin des Generals durfte Hà weiterhin Englisch unterrichten und musste für ihre Monatsration an Zucker, Reis und Fleisch nicht Schlange stehen. Niemand wagte es, abfällige Kommentare über die Frauen zu machen, die eine solche Entscheidung getroffen hatten. Doch die Blicke der anderen verletzten Hà genauso wie die Schläge des Generals, die sie ergeben hinnahm. Ihren Eltern blieben die Geräusche, die ihre Unterwerfung verrieten, nicht erspart, weil sie nur durch einen neu aufgehängten Vorhang von ihnen getrennt war. Um sich nicht wie Tiere auf den General zu stürzen, schwiegen die Eltern. Stellten sich tot. Sie hatten Angst, Hà könnte dem Beispiel ihrer Nachbarin folgen, die sich eine Kugel in den Kopf gejagt hatte, nachdem es ihr gelungen war, ihren Mann aus dem Umerziehungslager zu holen, indem sie sich auf das Zusammenleben mit einem hochrangigen Militär aus dem Norden einließ. Der neue Mann stimmte der Befreiung ihres Mannes und dessen Flucht mit ihren Kindern auf einem Boot zu. Als sie weg waren, drückte sie auf den Abzug, um sich selbst zu befreien.

Meine Mutter umsorgte die neue, ungeschminkte und dunkel gekleidete Hà mit derselben Aufmerksamkeit wie zuvor. Stets hielt sie Watte bereit und eine Tinktur, mit der sie alle Wunden versorgte. Dieser Heilpflanzenauszug in Reisschnaps, behauptete die Familientradition, habe den von Bombensplittern aufgerissenen Hals eines Cousins wieder anheilen lassen und bei einer Nachbarin, die von einer eifersüchtigen Ehefrau mit Säure bespritzt worden war, die Infektion der Verätzungen verhindert, außerdem brächte er blaue Flecken zum Verschwinden, noch bevor die Tränen getrocknet seien.

Hatte Hà vor ihrer Hochzeit mit dem General noch stolz ihre geschminkten Lider gezeigt, so verbarg sie seit dem Beginn ihres Ehelebens ihre blau geschlagenen Augen unter einer breiten Hutkrempe. Ich hatte das Gefühl, dass sie immer kleiner wurde, nicht nur wegen der flachen Plastiksandalen, mit denen sie durch die Gegend schlurfte, sondern auch, weil ihr lautes Lachen fehlte. Sie ging die Stufen hinauf wie ein Schatten, um sich gut in das Schweigen einzufügen, das über dem ganzen Land lag.

Die Schlüssellöcher ließen keine heimlichen Gespräche durchsickern. Die Winde wehten, ohne Worte oder Musik mit sich zu tragen. Durch die Luft flogen nur die von Lautsprechern ausgestrahlten Mitteilungen der Regierung, die zum Großkehrtag riefen, an dem sämtliche Bewohner des Viertels gleichzeitig ihre Besen schwingen und die Straßen fegen mussten; die einen Prozess gegen einen ehemaligen Anwalt ankündigten, der von drei Nachbarn verurteilt wurde, weil er es gewagt hatte, in einem Streit den Code Napoléon zu zitieren; die Familien denunzierten, weil sie zu fröhlich Hochzeit gefeiert oder zu heftig um einen geliebten Menschen getrauert hatten … Möglicherweise nutzte meine Mutter diese öffentlichen Ankündigungen auch, um Hà die Adresse eines Schleppers zuzuflüstern, der uns aus Vietnam wegbringen könnte.

HÀ ÜBERQUERTE DEN GOLF VON SIAM gleichzeitig mit uns. Sie hatte die Friseurin überreden können, sie mit ihrem Cousin bekannt zu machen, der für jemanden arbeitete, der jemanden kannte, der einen Schlepper empfehlen konnte. Es gab keinen Namen und keine Zusage. Sie sollte nur einige Tael Gold mitbringen, um die Überfahrt für sich und ihre Eltern zu bezahlen, und öfter im Frisiersalon vorbeikommen, wo sie das Abreisedatum erfahren würde. So wurde sie zur Botin meiner Mutter.

Wir stiegen in denselben Autobus, früh an einem Morgen, der sich in nichts von allen anderen unterscheiden durfte, mein Vater lag im Bett, meine Mutter war damit beschäftigt, ihre Aufgaben lautlos nacheinander zu erledigen. Sie zog mir die Schuluniform über zwei Hosen. Ich fügte mich jeder ihrer Bewegungen. Mir war schon klar, dass ich keine Fragen stellen durfte, um ihren starren Blick nicht zu erschüttern, der ihr als Schutzwall gegen die Tränen diente. Ich sehe noch, wie sie die Nägel meiner Brüder mit Kohle schwärzte, während an allen anderen Tagen ihrer Kindheit eine Amme sie feilte und eine andere sang, um davon abzulenken. Meine Mutter wiederum trug das Gewand unserer Kräuterfrau.

Während wir von Saigon mit dem Bus ans Wasser fuhren, drückte ich mein Gesicht an ihre Bluse, die noch nach Zitronenmelisse duftete und sich weigerte, den Koriandergeruch anzunehmen. Diese Mischung schläferte mich ein, sodass ich nicht spürte, wie Fischblut aus der Tasche einer Mitreisenden neben uns in Linkskurven manchmal auf mich tropfte. Da ich schlief, musste ich mich auch nicht vor dem Polizisten fürchten, der von Hà und meinem Bruder Long zwei Reihen hinter uns die Ausweise verlangte. Vor dem Einschlafen hatte ich gesehen, wie Hàs Vater einem Mann Geld in die Hand drückte, der meinem Bruder Lộc vorgeworfen hatte, die Haare so lang zu tragen wie die Kapitalisten, eine Aufmüpfigkeit, auf die Gefängnis stand.

WIR BRAUCHTEN ZEHN STUNDEN für dreihundert Kilometer. Gegen Ende der Fahrt hörte ich die Hühner auf dem Dach, wo sie in ihren geflochtenen Weidenkörben eingesperrt waren, nicht mehr im Chor mit dem lauten *cap cap cap* der Enten gackern. Das erste Mal, als ich in Peking Pekingente aß, musste ich, während der Ober gewissenhaft die Haut in Stücke schnitt, die man zusammengerollt ohne Fleisch zu sich nimmt, an diese Enten denken. Ob ihre Haut sich in der glühenden Hitze auf dem Dach wohl vom Fleisch lösen ließ wie bei der Pekingente oder bei mir, so aufgedunsen, wie sie mir nach dieser langen Busfahrt vorkam? Meine Füße waren in der kompakten, stehenden Hitze so geschwollen, dass sie fast die Schuhriemen sprengten und die Haut bis zur Durchsichtigkeit dehnten.

Als ich noch kleiner war und äußerst empfindlich auf Temperaturschwankungen reagierte, nahm mein Vater mich oft im Auto mit, um mich in der Kühle der Klimaanlage einzuschläfern, wenn der Strom ausgefallen war. Er legte mich neben sich und fuhr kreuz und quer durch die Stadt. Dann streichelte er meine feuchten Haare und sagte: »Mein Mädchen gärt wie ein Joghurt.« Meine Hände verglich er mit den Teigkugeln für die kleinen Brioches, die meine Mutter und ich jeden Sonntag gemeinsam buken. Seiner Meinung nach konnten sich nicht einmal die Pariser Bäcker mit meiner Mutter messen. Und obwohl er in den besten Restaurants der Stadt verkehrte, versicherte er uns immer wieder, dass keinem Chefkoch die gefüllten Kürbisblüten so perfekt gelängen wir ihr, weil sie sie genau zum richtigen Zeitpunkt aus der Pfanne nahm und so die Textur der Blütenblätter bewahrte.

Nur meine Mutter beherrsche diese Kunst der Zubereitung, bei der man die Süße unter der knusprigen, leichten Reismehlpanade herausschmecke. Wie in allen anderen vietnamesischen Familien wurden bei uns alle Gerichte gleichzeitig in die Mitte des Tisches gestellt – mit einer Ausnahme: Meine Mutter servierte meinem Vater das Beste auf eigenen Tellern, die Krabbe mit den meisten Eiern unter der weichen Schale, die perfekt angeordneten frittierten Kartoffelstäbchen, die zartesten Endivienblätter ... Und selbstverständlich entfernte sie auch die rund fünfzig Kerne des Zimtapfels, bevor sie ihm das honigsüße weiche Fleisch reichte wie eine Opfergabe.

MEIN VATER BRACHTE OFT von auswärts Köstlichkeiten mit und ließ sie uns probieren, von Anis aus Flavigny bis zu Stopfleber und Netzmelonen, die es manchmal in den französischen Restaurants von Saigon gab. Zu Weihnachten bestand er auf einer französischen Bûche de Noël, und seine Freunde bewirtete er öfter mit Schokoladen-Éclairs statt mit Bonbons aus schwarzem Sesam oder Bananen. Zu meinem dritten Geburtstag beauftragte er die Köchin mit einer dreistöckigen Buttercremetorte. Normalerweise waren mir Reis- oder Taropudding oder Eiscreme im Briochebrötchen lieber. Doch an diesem Tag biss ich, kaum dass der Kuchen auf seinem Sockel stand, in nie gekannter Gier die erste Etage an. Niemand konnte sich vorstellen, dass ich zu einer so dekadenten, impulsiven Handlung fähig war. Mein Vater beschuldigte sogar den Hund, der in zehn Meter Abstand von der Küche festgebunden war.

Dieselbe exzessive, unbeherrschbare Lust überkam mich, als ich zum ersten Mal in eine Lütticher Waffel biss. Ich erkannte die Textur des Teigs und den Geschmack des Hagelzuckers, die mir mein Vater beschrieben hatte, nachdem ihn der Duft geschmolzener Butter zu einem Waffelbäcker am Brüsseler Bahnhof hingezogen hatte. Ich hörte auch seine Stimme, als ich an den Geschäften in Brügge vorbeiflanierte, wo er einmal einen Spitzenschal für meine Mutter gekauft hatte. Sein Reisegefährte dagegen brachte seiner Frau lieber Stoff mit, aus dem sie sich gleich einen *áo dài* machen ließ. Tags drauf sah sie im Fernsehen eine junge Wettermoderatorin, die genau den Gleichen trug. Dieser Stoff war aber in Vietnam nicht zu bekommen. Sie dachte sich wilde Racheszenarien aus, von der persönlichen Konfrontation bis zu einer Denunziation in der Zeitung, und hätte auch meine Mutter gern in ihre rasende Eifersucht mit hineingezogen. Wahrscheinlich hatte sie recht mit ihrer Vermutung, dass meine Mutter sich in einer ähnlichen Lage befand wie sie. Doch meine Mutter blieb unerschütterlich. Sie gab der Nachbarin nach ihrem Wutanfall nur den Rat, sich nicht selbst zu demütigen, indem sie die Geliebte ihres Mannes demütigte. Dann legte sie den Spitzenschal, der zart wie eine Brise war, über ihren seidenen *áo dài* und ging auf einen Empfang zu Ehren ihres Schwiegervaters, des Richters Lê Văn An. An den Ohren die Perlen, die ihre Schwiegermutter ihr zur Geburt meiner Zwillingsbrüder geschenkt hatte. Wäre sie einer anderen Frau mit dem gleichen Schal begegnet, hätte sie diese mit der Selbstsicherheit der vierfachen Mutter gegrüßt, deren Kinder den Namen meines Vaters trugen.

Als ich einmal in einer Hängematte mein Mittagsschläfchen hielt, bekam meine Mutter Besuch von einer jungen Frau mit einem Jungen meines Alters namens Trí. Ich sah ihm durch die Maschen beim Murmelspielen zu. Die beiden Frauen flüsterten miteinander, aber ein paar Fetzen des Gesprächs konnte ich aufschnappen. Bevor ich wieder einschlief, sah ich, wie meine Mutter der anderen Frau ihre goldene Kette und ihr goldenes Armband in die Hand drückte, und hörte, wie sie zu ihr sagte, sie solle nach Cà Mau zurückkehren und nie wieder versuchen, meinen Vater zu belästigen.

CÀ MAU, BEKANNT FÜR DIE SCHWARZE FARBE seiner sumpfigen Gewässer und seinen dichten, dunklen Wald, liegt am südlichsten Zipfel Vietnams. Von drei Meeren umgeben, ist es der beste Ort für eine Flucht mit dem Schiff. Wir versteckten uns bei meinem Halbbruder Trí und warteten auf ein Zeichen unseres Schleppers. Seine Mutter mit der Kette meiner Mutter um den Hals fütterte uns die zwei Tage vor unserer Abreise durch. Meine Mutter schlug vor, Trí mitzunehmen. In dem Chaos aus Angst, Schweigen und Dunkelheit stieg Trí zusammen mit Hà, die ihre Eltern in der Menge verloren hatte, in ein anderes Boot. So verließen wir Vietnam auf drei verschiedenen Schiffen. Unseres landete in Malaysia, ohne einem Sturm oder Piraten begegnet zu sein. Hà und Trí hatten weniger Glück. Ihr Schiff wurde vier Mal von Piraten abgefangen. Beim letzten Überfall traf die Machete eines nervösen Mannes aus Versehen Trí. Meine Mutter log seiner Mutter vor, er sei mit den Eltern von Hà auf dem Meer verschollen. Und mein Vater sollte nie erfahren, dass er einen Sohn verloren hatte.

MEIN VORNAME PRÄDESTINIERTE MICH nicht dafür, Stürmen auf hoher See zu trotzen, und noch weniger, eine Strohhütte in einem malaysischen Flüchtlingslager mit einer älteren Dame zu teilen, die einen Monat lang Tag und Nacht weinte, ohne uns zu erklären, wer die vierzehn kleinen Kinder waren, die sie bei sich hatte. Wir mussten auf das Abschiedsessen vor unserer Abreise nach Kanada warten, bis sie auf einmal von ihrer Überfahrt erzählte. Sie hatte mitansehen müssen, wie ihrem Sohn die Kehle durchgeschnitten wurde, weil er es gewagt hatte, sich auf den Piraten zu stürzen, der seine schwangere Frau vergewaltigte. Als ihr Sohn und ihre Schwiegertochter ins Meer geworfen wurden, fiel diese Mutter in Ohnmacht. Was danach geschah, wusste sie nicht. Sie erinnerte sich nur daran, unter Leichen liegend vom Weinen der vierzehn überlebenden Kinder aufgewacht zu sein.

Als den farblosen Lippen dieser Frau, die nur noch wie ein Gespenst aussah, die ersten Worte entwichen, scheuchte mich meine Mutter aus der Hütte, um mir die Unschuld meiner acht Jahre zu bewahren. Aber das war sinnlos, denn die Wände bestanden aus Jutesäcken und die Dächer aus Leinen. Ähnliche Geschichten hörte man ohnehin überall im Lager, am Brunnen, im Staub, im Schlaf. Ich wusste, dass man den zwei Männern aus dem Weg gehen sollte, die des Kannibalismus während der Überfahrt verdächtigt wurden, und dass man die Statuenfrau nicht stören durfte, die von Sonnenaufgang bis Sonnenuntergang am Strand auf die Ankunft ihres Babys wartete.

Meine Mutter wurde de facto zur Anführerin einer Gruppe von Frauen ohne Männer; sie verlangte von meinen Brüdern, die anderen Mütter zu unterstützen, indem sie ihnen Wasserkanister brachten.

Als wir im Lager ankamen, waren die französische und die australische Delegation gerade abgereist. Niemand konnte uns sagen, wann sie wiederkommen oder Delegationen anderer Länder anreisen würden. Es war klar, dass kein Flüchtling vorhatte, länger im Lager zu bleiben. Aber der Alltag ließ uns gegen unseren Willen in dieser heißen, feindlichen Erde Wurzeln schlagen. Neue Gewohnheiten schliffen sich ein: Die kleinen Jungen sammelten sich in der Dämmerung um eine Palme mit einem waagrecht über dem Boden liegenden Stamm, um mit den Murmeln zu spielen, die einer unserer malaysischen Bewacher ihnen geschenkt hatte; die Frischverliebten flohen hinter die großen Felsen auf dem Hügel; die Künstler machten aus den Schiffswracks Skulpturen. Den leeren Eimer drei Stunden zum Brunnen zu schieben war bald ebenso alltäglich wie die Leiden der chronischen Ruhr. Die Unannehmlichkeiten körperlicher und geistiger Enge verblassten im Rhythmus von spontanem Gelächter und unverhofftem Wiedersehen. In dieser abgeschiedenen Welt entstanden Freundschaften aus der kleinsten Gemeinsamkeit. Zwei Klassenkameradinnen wurden zu Schwestern, zwei aus derselben Stadt unterstützten einander wie Cousins, zwei Waisen bildeten eine Familie.

DIE KANADISCHE DELEGATION war die erste, die uns empfing. Meine Mutter hatte im Lager eine Schulklasse gebildet. Sie unterrichtete Kinder auf Französisch in Mathematik und Erwachsene in Französisch. Es war ein Glück, dass sie von den französischsprachigen Delegationen als Dolmetscherin für die Auswahlsitzungen eingeladen wurde. Sie wusste nicht, dass die Kanadier ihren Dolmetschern die Möglichkeit zur Immigration boten. Da wir zur ersten großen Welle vietnamesischer Flüchtlinge gehörten, die von Kanada aufgenommen wurden, hatten wir noch kein Echo aus diesem Land erhalten, in dem anscheinend zwölf Monate im Jahr Winter herrschte. Meine Mutter versprach, dass wir uns dank unserer Wurzeln in Đà Lạt leichter an die Kälte gewöhnen würden. Und mir erzählte sie, dass der Weihnachtsmann am Nordpol wohnte, ganz in der Nähe von Kanada.

ALS WIR IN QUÉBEC ANKAMEN, hatte eine Hitzewelle offenbar sämtliche Einwohner gezwungen, sich zu entkleiden. Die Männer auf den Balkonen unseres neuen Wohnhauses waren obenherum nackt und trugen ihren Bauch zur Schau wie die Putai, die lachenden Buddhas, die den Händlern finanziellen Erfolg und allen anderen Freude versprechen, wenn sie ihre Rundungen reiben. Viele vietnamesische Männer träumten davon, dieses Symbol des Reichtums zu besitzen, aber nur wenige schafften es. Als unser Bus vor der Reihe von Gebäuden anhielt, in denen sich Hülle und Fülle so vielfach personifizierten, musste mein Bruder Long seinem Glück Ausdruck verleihen: »Wir sind im Paradies gelandet!«

LONG KÜMMERTE SICH DARUM, zur Jahreszeit passende Kleidung für uns zu besorgen, denn meine Mutter hatte in Hinblick auf die kanadische Kälte bei dem fliegenden Händler in Malaysia nur warme Sachen gekauft. Sie war so glücklich und stolz gewesen, als sie in seinem Karrenladen ein Paar rote Kunstlederstiefel für mich gefunden hatte, deren Glanz das zerrissene Innenfutter vergessen machte. Der schiefe rechte Absatz verlieh mir den Gang des kleinen Mädchens, das sich von den Stiefeln getrennt hatte, offenbar erst nach langem Gebrauch, denn die Reißverschlüsse waren mehrfach repariert. Das Mädchen wurde zu meiner imaginären Freundin, die mich ermutigte, in einer völlig neuen Welt, deren weite Horizonte mich erschreckten, einen Fuß vor den anderen zu setzen.

Wie die Hühner, die von den auf Booten lebenden Familien in den Hohlräumen dicker Bambusstäbe gehalten werden, blieb ich lieber still in unserer Wohnung, die im Vergleich mit unserem Eckchen Erde im Flüchtlingslager auch schon zu groß war. Mein Körper hatte sich dort den Körperformen meiner Brüder und meiner Mutter angepasst. Beim Schlafen hatte ich immer ihre Arme, ihre Rippen und den buckligen Boden gespürt. Wie sollte ich denn von einem Tag auf den anderen allein auf einer weichen Matratze liegen, statt in den Schweiß und den Atem meiner Familie eingebettet zu sein? Wie den plötzlichen Verlust der ständigen Anwesenheit meiner Mutter verkraften? Wie meinen Weg finden vor einem endlosen Horizont ohne Stacheldraht und ohne Bewacher?

Da es im Flüchtlingslager keine Adressen gab, orientierten wir uns visuell: die Dame, die Nadeln verlieh, hatte einen Emaille-Wassereimer mit Henkel, der Dolmetscher für Deutsch schlief unter einer blauen Wäscheleine, die mit Stofffetzen geflickt war, die Friseurin hatte einen Spiegel an einen dünnen Baumstamm genagelt. Um zur Schneiderin zu kommen, musste man an dem Felsen vorbeigehen, wo der Mönch im Morgengrauen meditierte, am Brunnen links abbiegen, um die Toiletten herumgehen und Nachbarn und Passanten fragen, wo sie war. Wie also sollte ich, deren Augen noch kaum an Weite gewöhnt waren, auf den langen, breiten, von Bäumen gesäumten Boulevards, die alle völlig gleich aussahen, meinen Weg finden?

ALS ÄLTESTEM WAR MEINEM BRUDER LONG die Rolle des Familienoberhaupts aufgebürdet. Er ersetzte sowohl meinen Vater als auch meine Mutter. Er kümmerte sich um uns, wenn meine Mutter bis Mitternacht in dem Restaurant an der Ecke das Geschirr wusch. Er brachte uns unsere Adresse, unsere Telefonnummer und die französischen Begrüßungen bei, indem er sie uns vormachte. Er gab allen die Hand und freundete sich mit den Nachbarn an. Jeden, der ihm über den Weg lief, lächelte er an, ohne Unterschiede zu machen: die Dame mit dem Rollator aus dem Erdgeschoss, die hüpfenden Kinder aus dem dritten Stock, den tätowierten Herrn, das Mädchen im Minirock auf Stöckelschuhen ... Er hielt Türen auf und half Einkaufstaschen tragen. Er kehrte Kippen, Werbeprospekte und Bonbontüten aus dem Treppenhaus. Er spielte mit den Kindern Ball. Nach wenigen Wochen kannte die ganze Nachbarschaft seinen Namen.

Der jahrelange Französischunterricht in den Schulen Saigons ließ ihn rasch begreifen, wie das öffentliche Verkehrssystem funktionierte. Er fuhr mit dem Bus durch die Stadt und bat den Chauffeur stolz und selbstsicher: »Kann ich bitte einen *Umsteiger* haben?« Daraufhin bekam er einen Fahrschein, den er dem nächsten Chauffeur gab, und konnte so seine Fahrt bis in die Innenstadt fortsetzen.

Mein Heldenbruder konnte einen japanischen Restaurantbesitzer überzeugen, ihn einzustellen. Anfangs war er *busboy*, doch bald wurde er zum Chefjongleur an der heißen Platte befördert. Dank seiner akrobatischen Handhabung der Zutaten hielten ihn die Gäste für einen Japaner, mit dem sie bis nach Kōbe reisten, obwohl er die Stadt nie betreten hatte. So fütterten sie auf der einen Seite ihre exotischen Träume. Auf der anderen Seite nahm mein Bruder Long die Erfüllung seiner Träume in Angriff.

BEVOR WIR NACH KANADA KAMEN, kannte ich nur eine einzige Abkürzung: UNHCR. Das Flüchtlingshilfswerk kooperierte mit dem malaysischen Roten Halbmond, um die mehr als zweihundertfünfzigtausend vietnamesischen Flüchtlinge in den über ganz Malaysia verstreuten Lagern mit Wasser und Nahrung zu versorgen, besonders auf der Insel Pulau Bidong, wo knapp sechzigtausend Menschen lebten. Viele Einsatzkräfte wurden bereitgestellt, um uns ein Dach über dem Kopf zu errichten, das uns vor Sonne und Regen schützte und vor den Kokosnüssen, von denen es auf dieser Insel unzählige gab. Trotz alledem wurde eine Frau von einer Kokosnuss am Kopf getroffen und fiel ins Koma. Als der Unfall passierte, war sie gerade dabei, ihre Schalen und Schöpfer aus Kokosnuss zu waschen. Ein Vertreter der kanadischen Delegation wollte sie ins Krankenhaus bringen, aber das Kanu konnte das Boot, das sie zum Festland fahren sollte, wegen eines Sturms nicht erreichen. Diese Frau hatte die Überfahrt durch den Golf von Siam, den wochenlangen Wasser- und Nahrungsmangel überlebt. Selbst die Piraten, die sie in einem Motorölfass entdeckt hatten, hatten sie verschont. Doch in dieser Nacht verlor sie gegen das Schicksal. Sie starb ohne Familie und heimatlos.

Im Gegensatz zu dem Schicksal, das das Leben dieser Frau beschert hatte, führte es uns bis nach Kanada. Als wir die Neuigkeit erfuhren, hob Long mich hoch und wirbelte mich durch die Luft. Kaum waren wir in der 3e Avenue in Limoilou eingezogen, meldete er uns in der Schule an, um uns den Weg in die Gegenwart zu ebnen. Er sprach

UNHCR – United Nations High Commission for Refugees (Flüchtlingshilfswerk der Vereinten Nationen)

mit den Lehrern, beaufsichtigte unsere Hausarbeiten und träumte von unserer Zukunft. Long besaß das Charisma meines Vaters und die Kühnheit meiner Mutter, während sein Zwillingsbruder Lộc und unser Bruder Linh lieber im Hintergrund blieben. Long wollte, dass sie wie alle vietnamesischen Studenten, die in den Sechzigerjahren nach Kanada kamen, Ingenieurwesen studierten. Lộc dagegen folgte lieber dem Vorbild eines Freiwilligen aus Québec, der ihn auf die Idee gebracht hatte, Biologie mit Schwerpunkt Onkologie zu studieren. Linh wiederum war anscheinend dazu geboren, Tag und Nacht irgendetwas am Computer zu programmieren. Long studierte Ökonomie und konnte seine Kenntnisse bald als Geschäftsführer des »Kōbe«-Restaurants praktisch umsetzen. Sobald er sein Diplom hatte, wurde er von seinem Chef mit der Leitung des zweiten und dritten »Kōbe« in der Stadt betraut. Später investierte er in die Gründung einer asiatisch angehauchten Restaurantkette in den Einkaufszentren.

Während seines Studiums beteiligte er sich aktiv am Gemeinschaftsleben. Es kam selten vor, dass wir keine Gäste hatten, unsere Wohnung war ein Treffpunkt vietnamesischer Studenten, die gemeinsam eine Zeitung herausgaben oder eine Fußball-, Badminton- oder Pingpongmannschaft aufstellten, um an nordamerikanisch-vietnamesischen Wettbewerben teilzunehmen.

Abgesehen von den Stiefeln im Flur und den Wintermänteln, die sich auf den Betten stapelten, fühlten wir uns fast wie in Saigon. Meine Mutter sorgte dafür, dass immer die typischen Gerüche der vietnamesischen Küche in der Luft lagen. Sie umhüllte uns mit dem Duft von gehacktem und geröstetem Zitronengras, das sich mit der knusprigen Haut der Fische vermählte, und dem von sautierten und in Limetten-Fischsoße getauchten jungen Bambussprossen. All diese zeitaufwendigen und komplizierten Gerichte machte sie, weil sie uns gut ernähren wollte, aber vor allem, we il sie die Hilfe von Hoa hatte, der Auserwählten von Long.

HOA WAR SEIT IHRER ERSTEN Philosophiestunde am College hinter meinem Bruder her. Wenn er während des Mittagessens in einer Versammlung war, nahm sie immer eine zweite Portion für ihn mit. Long hatte von unserem Vater eine Schönheit geerbt, die Männer wie Frauen anzog. Auch seine Freunde wollten stets mit ihm zusammen sein, denn Long verwirklichte ihre Träume. Einen Studenten der Naturwissenschaften, der seinen Wunsch zu singen unterdrückte, lud er ein, in dem Lokal, in dem der Theaterkurs stattfand, einen Abend mit vietnamesischen Liedern zu veranstalten. So konnte der künftige Arzt im Kreise seiner Kollegen, die gern Gitarristen oder Tänzer geworden wären, den Rausch auskosten, auf der Bühne zu stehen. Oder er bat ein Mädchen, das in seinen Zeichnungen die Welt einfangen konnte – ein Talent, das in seinen Chemie- und Physikkursen unterging –, um einen Beitrag für die Zeitung. Unter den Klassenbesten waren auch heimliche Dichter, denen Long die Gelegenheit gab, Texte unter Pseudonym zu veröffentlichen, damit ihre Eltern sich keine Sorgen machten.

Anders als diese Studenten konzentrierte sich Hoa auf ihre Krankenpflegeschule, ohne einen besonderen Traum oder ein spezielles Talent zu besitzen. Dafür war sie sehr diskret und überaus begabt darin, in Longs Schatten zu bleiben, ohne ihn zu stören. Ihre beste Eigenschaft aber war, dass sie die Erwartungen und Anforderungen unserer Mutter erfüllte. Deren Wünschen beugte sich Long immer, auch wenn sie unvernünftig waren, denn er trug die Last ihrer Zerrissenheit.

Unerbittlich kontrollierte meine Mutter die Größe der von Hoa gehackten Eiswürfel, bevor sie in die Gläser für den Kaffee kamen, der auf vietnamesische Art Tropfen für Tropfen zubereitet wurde. In Vietnam brach man das Eis für den Verkauf aus Blöcken von über einem Meter Länge. Hier musste Hoa Wasser in Kondensmilchdosen einfrieren statt in Eiswürfelbehältern. Laut meiner Mutter beeinflusste die Form des Eises den Geschmack des Kaffees, genauso wie die Dicke der gerösteten Schweinefleischstreifen das Gericht *bì*. Stücke, die breiter als ein Millimeter waren, nahm sie Hoa vom Brett, um sie zurechtzuschneiden, und wenn sie bemerkte, dass Hoa beim Entbeinen die Haut eines Huhns versehentlich geritzt hatte, riss sie ihr gleich das Messer aus der Hand. Wir hielten jedes Mal den Atem an, wenn die Geschäfte ganze Hühner im Angebot hatten. Dann kaufte unsere Mutter mindestens fünf und war die halbe Nacht damit beschäftigt, sie vollständig zu entbeinen und anschließend durch die kleinstmögliche Lücke zu füllen, damit sie nicht aufplatzten.

Long veranstaltete manchmal Picknicks für seine Freunde und servierte ihnen gern gefülltes Huhn, von dem man sich nur eine Scheibe abschneiden muss, um ein vollständiges Gericht auf dem Teller zu haben. Longs Freunde ahnten nicht, wie viele Stunden Arbeit, Demut und Gehorsam von Hoa in jedem Bissen steckten. Hoa hatte sich minutiös den Anweisungen meiner Mutter zu fügen, wie der Reis für die Füllung in zwei Schritten gegart wird, wie groß die Würfel der vietnamesischen

Wurst nach dem Anbraten sein dürfen, wie man die Shiitake-Pilze dosiert, damit ihr Duft den Geschmack begleitet, ohne ihn zu überdecken, usw. Aber sie erfüllte die übertriebenen Forderungen meiner Mutter schweigend, auch wenn ich mit ihr allein Erdnüsse einzeln schälte. Geduldig zeigte sie mir, wie man eine leere Flasche über die Kerne rollt, um sie zu brechen, ohne sie zu zerbröseln.

Ich fragte mich, ob ihre Geduld in der alten Tradition ihrer Geburtsstadt Bát Tràng gründete, aus Lehm hauchdünnes Porzellan herzustellen, oder ob sie es einfach hinnahm, von Geburt aus schwächer zu sein. Hoa wusste von vornherein, dass ein Studium für sie schwer, wenn nicht unerreichbar wäre. Sie hoffte nur, dass Long ihr die Gelegenheit geben würde, ihm ihre Liebe zu offenbaren. Wie in ihrem Beruf als Krankenschwester erwartete sie keine Dankbarkeit, weder von ihren Patienten noch von Long, vor allem keinen formvollendeten Heiratsantrag an ihrem Geburtstag.

VIELLEICHT LIESS SICH HOAS Charakter auch durch ihren Aufenthalt in einem überfüllten Lager in Hongkong erklären, wo bereits der Atem des einen dem anderen den Raum nahm. Wie alle Flüchtlinge hatte sie schnell gelernt, sich in sich selbst zurückzuziehen, wenn sie allein sein wollte. Als ich in Québec zum ersten Mal den Ausdruck »du stehst in meiner Komfortzone« hörte, hielt ich das für eine Freundschaftserklärung, verbunden mit der Erlaubnis, das Denken und den inneren Raum meines Gesprächspartners zu erkunden, während ich tatsächlich daraus verschwinden sollte. Im Gegensatz zur westlichen Kultur, die den Ausdruck von Gefühlen und Meinungen fördert, hüten Vietnamesen diese eifersüchtig oder äußern sie nur mit größter Zurückhaltung, denn dieser innere Raum ist der einzige Ort, der anderen nicht zugänglich ist. Der Rest, von Schulnoten über den Schlaf bis zum Gehalt, ist öffentlich, auch die Liebe.

ICH FRAGE MICH, OB DIESE SCHAMLOSE Preisgabe privater Dinge an den tropischen Temperaturen liegt, die keine geschlossenen Türen, Fenster, Wände dulden, oder am Platzmangel, wenn zwei oder drei Generationen unter einem Dach leben, oder an der Abhängigkeit von verwandtschaftlichen Beziehungen oder am Gewicht der Familiengeschichte, die man dankbar trägt, aber manchmal auch wie eine Bürde. Der Erfolg eines Kindes gehört den Eltern und seinen Ahnen. Jedes Familienmitglied ist solidarisch für alle anderen verantwortlich, die stärkeren tragen die schwächeren. Andernfalls wären ihre Erfolge von fehlender Pflichterfüllung und Dankbarkeit gegenüber ihrem Clan befleckt. Genauso fühlt und zeigt sich jeder für die Fehler der anderen verantwortlich. Ich erinnere mich an einen Vater, der mit seinem Sohn und seiner Tochter vor meiner Mutter kniete, weil seine Frau uns bestohlen hatte. Er brachte die zwei Goldkettchen mit den Glöckchen zurück, die meine Mutter mir immer um die Knöchel legte, um mich durchs Haus laufen zu hören. Ich streckte ihr meine Füße entgegen, aber sie bückte sich und legte sie den beiden Kindern an, die immer noch vor ihr knieten. Das Kindermädchen, das nicht nur diesen Diebstahl begangen, sondern vor allem Schande über seine Kinder gebracht hatte, habe ich nie wiedergesehen. Meine Mutter erinnerte uns immer wieder daran, dass wir von Glück reden konnten, keine betrügerischen oder schamlosen Eltern zu haben. Aber selbst anständige Eltern sind dem Druck der Geschichte eines Volkes nicht immer gewachsen, der von einer Generation an die nächste weitergegeben wird.

Eine Freundin meiner Mutter, die früher Lehrerin in Nha Trang war, erzählte uns an einem Winterabend von der Liebe zwischen einem ihrer Schüler, dessen Vater unter dem Regime im Süden gedient hatte, und einer Schülerin, deren Vater unter dem Regime im Norden gedient hatte; obwohl sie nach der Versöhnung zwischen dem Norden und dem Süden zur Welt gekommen waren, wurden sie von ihrer Familiengeschich te eingeholt. Als ihre Mütter von ihrer Liebe erfuhren, baten sie die Lehrerin um ein Gespräch; sie sollte ihnen helfen, diese Verbindung zwischen Feinden zu unterbinden. Auch von den Freunden ihrer Kinder verlangten sie, die beiden zu einer Trennung zu überreden. Die Hausmeisterin fegte gerade den Hof, und das regelmäßig wiederkehrende Kratzen von Schilf auf Beton war zu hören, als die Mutter des Jungen ins Klassenzimmer stürmte, sich vor der schwarzen Tafel zu Boden warf und immer wieder rief: »Er ist tot!« Ihr Geschrei, das vom Weinen der Schüler untermalt wurde, entwich durch die Fenster, überquerte den Hof und erreichte so alle anderen Klassenräume.

Alle weinten – bis auf die verliebte Schülerin. Ihre Augen blieben trocken, ihr Körper funktionierte wie immer. Am Ende des Schultags verließ sie gemeinsam mit allen anderen die Schule, mit ruhigem Schritt, ruhigem Atem und ruhigen Bewegungen. Geduldig hielt sie dem Aufseher die Marke hin, um ihr Fahrrad abzuholen, das sie bis zum Ausgang neben sich herschob, wo sie ihren Kegelhut aufsetzte und das Band unter dem Kinn befestigte. Dann zog sie die hintere Bahn ihres *áo dài* nach vorn und hielt ihn in der rechten Hand, während sie sich mit jugendlicher Anmut auf den alten Ledersattel schwang und in die Pedale trat. Der regelmäßige Rhythmus ihres Tritts ließ kein Gefühl erkennen, genauso wenig wie ihr Gesicht. Von Weitem sah sie aus wie alle anderen Schülerinnen, die Romantiker gern mit weißen Schmetterlingen verglichen. Ihnen allen war bewusst, dass sie mit ihren flatternden Uniformen n ach Schulschluss gemeinsam die Straßen verschönten. Auch das Mädchen, dessen Herz nicht gebrochen war, sondern stillstand, wich nicht von dieser jungfräulichen Schönheit ab. Als es nach Hause kam und seine Mutter begrüßte, tischte ihm diese einen Imbiss aus Klebreis mit *gấc*-Frucht auf, einen quadratischen Kuchen mit dem chinesischen Zeichen für »Glück«, den Frischvermählte während der Zeremonie vor dem Altar der Ahnen gern ihren Gästen anbieten.

Das Orange des mit dem Fleisch der *gấc*-Frucht gefärbten und aromatisierten Reises könnte in all dem leuchtenden Rot von Tischdecken, Dekoration und Brautkleid leicht untergehen. Aber die Gäste entdecken es immer, denn die *gấc*-Frucht wird nur einmal im Jahr reif. Bei Hochzeiten außerhalb der Saison muss man auf diese Paradiesfrucht, wie manche sie nennen, verzichten. Deshalb war die Mutter sehr glücklich, dass sie den tief orangefarbenen Kuchen als Geschenk für ihre Tochter bekommen hatte. Sie reichte ihn ihr wie eine Opfergabe, die Tochter bedankte sich höflich und zog dann das Wort »Glück« eine Viertelstunde lang mit dem Finger nach, ohne etwas zu essen. Die Lehrerin war ihrer Schülerin bis nach Hause gefolgt. Da viele Häuser in Vietnam offen gebaut sind, weil das Erdgeschoss tagsüber zu einem Laden wird, spürte sie gleichzeitig mit der Mutter, wie eine plötzliche Leere die ganze Luft aus dem Zimmer saugte.

Das Hupen der Mofas, das Knirschen der Rollen, mit denen bei der Nachbarin Zuckerrohr ausgepresst wurde, und das Geplauder ihrer Kunden, die auf ein Glas Saft warteten, waren auf einen Schlag verstummt. Als der Körper des Mädchens auf den Fliesenboden prallte, stießen die Mutter und die Lehrerin den ersten Schrei aus. Sie versuchten noch, sie aufzuwecken, indem sie ihre Schläfen und Füße mit Tigerbalsam einrieben, schafften es aber nicht, sie wieder zu sich zu bringen. Die Lehrerin bot sich an, nachts bei ihrer Schülerin zu wachen. Die Mutter meinte, dass man auf die Lebenden achtgeben sollte, aber niemand etwas für die Toten tun könne. Obwohl sie *Romeo und Julia* nie gelesen, den Film *Love Story* nie gesehen und auch von *Tristan und Isolde* nie gehört hatte und ihre literarischen Kenntnisse sich auf die Biografien Hô Chi Minhs und der Helden des Krieges beschränkten, obwohl die Auszeichnungen an der Uniform ihres Vaters ihr eine privilegierte Zukunft gesichert hätten, hatte sie beschlossen, ihrer Liebe zu folgen. So befreite sie sich von der Last der Geschichte, der Hinterlassenschaft eines Krieges, den sie nie erlebt hatte, und begab sich auf den Weg zur paradiesischen Schönheit des Meeres von Nha Trang.

SOLANGE ICH KIND WAR, fuhren wir fast jeden Monat ans Meer, um »die Winde zu wechseln«, wie mein Vater es nannte. Das Salzwasser heilte auf wundersame Weise die Schrunden an den Fersen meiner Großmutter und meine häufig verstopfte Nase. Die salzige Luft ließ meine Brüder wachsen und trug unser Lachen in alle Winde, wenn wir um die getrockneten Tintenfische der fliegenden Händler im Sand zusammensaßen. Zwei flach gedrückte Tintenfische, auf ein paar roten Kohlen gegrillt und Faser für Faser verzehrt, machten die ganze Familie für einen Nachmittag satt. Der Geschmack dieser elastischen Fasern blieb länger im Mund als ein Juicy-Fruit-Kaugummi. Diese fröhliche Leichtigkeit am Strand änderte allerdings nichts daran, dass ich mich vor dem Meer fürchtete, weil es so riesig war und so tief und so schön. Mein Vater steckte mich in den schönsten aller Schwimmreifen und schubste mich ins bewegte Wasser. Jedes Mal, wenn eine Welle mich von ihm wegtrug, sodass ich seinen Atem nicht mehr an meinem Hals spüren konnte, meinte ich zu sterben. Erst drehte mein Vater den Entenkopf meines Schwimmreifens Richtung Horizont, weil er dachte, die ruhige Oberfläche würde mich beruhigen. Dann Richtung Strand, wo ich unseren Sonnenschirm sehen konnte und meine Mutter mit dem großen Hut, der Sonnenbrille und dem Strandtuch über dem Kopf. Beide Aussichten lähmten mich. Mein ganzes Leben litt ich an dieser krankhaften Angst, bis wir erfuhren, dass der Ozean Hàs Schiff nicht verschlungen hatte.

Nach mehreren Wochen mit einem defekten Motor

und zu wenig Nahrung auf See wurden die Schiffbrüchigen von einem dänischen Frachter gerettet. Hà ging direkt nach Kopenhagen, ohne den Umweg über ein Lager, wo sie ihren Mitreisenden wieder begegnet wäre, in deren Blick sich womöglich das Bild ihres mehrfach missbrauchten Körpers gespiegelt hätte. Dank ihrer Englischkenntnisse integrierte sie sich schnell und fand Arbeit in Hotels, wo sie zum ersten Mal von der Existenz einer Massagetherapie hörte. Sie besuchte Kurse und erfand sich als Masseurin neu. Die Kunden sagten, sie habe heilende Hände. Bald war ihr Kalender einen Monat im Voraus ausgebucht. Sie arbeitete immer länger, um alle drannehmen zu können. Nur einmal weigerte sie sich, einen Mann zu behandeln, nachdem sie sein Datenblatt ausgefüllt hatte. Sein Name war Louis. Er hatte nichts Besonderes an sich, aber sein Blick ging ihr durch und durch. Sie habe die Hände zu Fäusten ballen müssen, erzählte sie, um ihre Finger zu verbergen, die zitterten wie Espenlaub.

In Dänemark gelang es ihr, sich auf das Wohlbefinden der anderen zu konzentrieren. Sie lernte, am Deltamuskel Enttäuschung abzulesen, am großen Rückenmuskel Scham oder Resignation am mittleren Gesäßmuskel … Alles Traurige lokalisierte sie in den Muskelfasern, wo sie es lockerte, linderte und wenn möglich löste, wie früher ihre Mutter, die jeden Klein-Mädchen-Schmerz mit der Hand packte und in die Luft warf, um ihn zum Verschwinden zu bringen. Die Gabe ihrer Hände hypnotisierte die Klienten, die noch lange nach dem Ende der Sitzung die Spuren ihrer Finger zu fühlen glaubten. Hà selbst wollte sich nie massieren lassen. Sie hatte Angst, der Druck einer Hand könnte ihren brüchigen Körper zerreißen. Und wie hätte sie dann die Stücke wieder zusammenfügen sollen, wie die tausend Splitter ordnen, die vor ihr lägen wie eine von einem Wirbelsturm verwüstete Stadt? Die Klienten nahmen sie als gelassen, sanft und sogar weise wahr, Louis hingegen hatte sofort ihre extreme Zerbrechlichkeit und das in ihr schlummernde latente Chaos erahnt, das auf die geringste Nachgiebigkeit lauerte, um alles zu zerrütten. Er wartete bis zu einem stürmischen Abend am letzten Tag des Jahres, um ihr an der Bushaltestelle einen Tee anzubieten. Und nach einem langen Arbeitstag, an dem sie viele Körper zurechtgerückt und die Verletzungen ihrer Patienten auf sich genommen hatte, fühlte sie plötzlich ihre Beine wanken. Louis fing sie auf und liebte sie.

ALS LOUIS NACH DEM ENDE seines Mandats in Kopenhagen nach Ottawa zurückkehrte, ging Hà mit ihm. Sie suchte in allen Telefonbüchern nach dem Namen ihrer Eltern und stieß auf meine Mutter. Louis brachte sie zu uns. Die beiden Frauen redeten die ganze Nacht hindurch. Ich hörte sie weinen und manchmal schweigen. In diesem langen Gespräch über die durchlebten Etappen und Prüfungen fiel immer wieder das Wort »Chance«. Seit Louis sie liebte, bot Hà Massagetherapie für traumatisierte, verzweifelte, mittellose Frauen in Lagern an. Sie half ihnen auch dabei, in einen Spiegel zu sehen, mit ihr zusammen einen Song der Bee Gees zu hören oder sich aus der Gemeinschaftsgarderobe ein Kleid für ein Vorstellungsgespräch auszusuchen. Umgekehrt konnte sie es dank der Freundschaft dieser Frauen endlich wagen, die Schläge zu zählen, die sie hatte einstecken müssen, die Piraten, mit denen sie Bekanntschaft gemacht hatte, und die Schritte, die sie in der Fluchtnacht von ihren Eltern getrennt hatten.

MIT DREIZEHN ENTDECKTE ICH MANHATTAN, an einem Wochenende mit Hà und Louis. Hà hatte meiner Mutter angeboten, mich in den Ferien zu sich zu nehmen. Meine Mutter erlaubte ihr, für mich zu sorgen wie für eine Tochter. Als Erstes öffnete Hà die Knöpfe an den Kragen und Manschetten meiner Blusen. Im Restaurant sollte ich zwischen Hamburger und Pizza, Vanille und Schokolade, Apfelsaft und Milkshake wählen. Dann durfte ich die Farbe für die Wände ihres Gästezimmers aussuchen, das gleich in meinem zweiten Jahr in Ottawa zu meinem Zimmer wurde. Wie mein Bruder Long luden auch Louis und Hà oft viele Freunde zum Essen ein. Louis ließ es sich angelegen sein, mich aus der Küche zu holen, um mich den Gästen vorzustellen. Wenn sie kamen, spürte ich seine schützende Hand im Rücken, nach dem Essen legte er sie mir auf die Schulter, damit ich nicht aufstand und die Teller einsammelte. Im Laufe des Abends wartete er stets auf einen günstigen Zeitpunkt, um das Gespräch zu unterbrechen und eine Frage zu stellen, die von mir eine Antwort und vollkommene Präsenz verlangte. Bei Louis und Hà hörte ich zum ersten Mal etwas von Burundi, Chile, Marokko, Sri Lanka, Guadeloupe, von der NATO, der OECD, dem Internationalen Gerichtshof … Louis hatte Freunde unterschiedlichster Herkunft, die durch ihren Beruf im diplomatischen Dienst zu Nomaden geworden waren oder sich umgekehrt für diesen Beruf entschieden hatten, um überall auf der Welt leben zu können, ohne sesshaft zu werden und sich irgendwo zugehörig zu fühlen.

Mein Bruder Long warf meiner Mutter oft vor, dass sie mich Hà und Louis anvertraut hatte, denn dadurch wurde die einfache, sichere Karriere als Apothekerin oder Ärztin, die er für mich vorgesehen hatte, durch einen unvorhersehbaren, chaotischen Lebensweg ersetzt.

ALS LOUIS NACH SHANGHAI versetzt wurde, schenkte Hà mir ein Flugticket, damit ich sie in den Sommerferien besuchen konnte. Von da an lernte ich an den Winter- und Frühjahrsabenden nach einem Buch, das ich in der Bibliothek unseres Viertels entdeckt hatte, Chinesisch. Es enthielt eine Analyse von tausend nach der Anzahl der verwendeten Striche geordneten Schriftzeichen. Zu meiner großen Überraschung galt das Zeichen für »eins«, das aus einem einzigen horizontalen Strich bestand, als das wichtigste, weil es die ursprüngliche Einheit darstellte, die Verschmelzung von Himmel und Herde, den Horizont, den Anfang des Anfangs. Jedes Zeichen erzählte eine eigene Geschichte, und wenn es mit einem, zwei oder drei anderen verbunden wurde, entstanden neue Geschichten, die seinen ursprünglichen Sinn veränderten. So folgte ich den in dem Buch vorgeschlagenen Reihen:

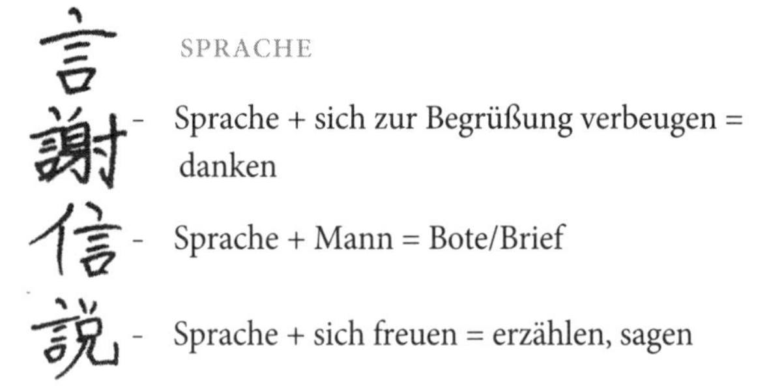

木 BAUM

林 - zweimal Baum = buschig, dicht

森 - dreimal Baum = streng/dunkel

果 - Frucht + Baum = Ergebnis/voll, vollständig

心 HERZ

思 - Herz + Hirn = nachdenken

想 - Herz + aufmerksam betrachten = hoffen/sich erinnern

患 - Herz + durchbohren = Unglück/betrübt sein

Es war ein Wettlauf gegen die Zeit. Unmöglich, in sechs Monaten die zwei- bis dreitausend Zeichen zu lernen, die man mindestens braucht, um Zeitung zu lesen. Aber ich wollte mich so gut wie möglich vorbereiten, um mir das kostbare Geschenk von Louis und Hà zu verdienen.

Nach meiner Landung in China war ich beruhigt, dass ich am Flughafen die Schilder für »Ausgang«, »Gepäck«, »Immigration« und auf der Straße »Restaurant«, »Buchhandlung«, »Krankenhaus« usw. entziffern konnte. Ich hatte knapp tausend Worte im Gepäck, die ich schriftlich beherrschte. Allerdings wusste ich nicht, wie man sie aussprach, und schon gar nicht, wie man sie zu Sätzen verknüpfte. A Yi, die Küchenhilfe in der Villa von Louis und Hà, nahm mich unter ihre Fittiche, weil ich ihr, bescheiden wie ein kleines Mädchen gegenüber einer Älteren, beide Hände entgegenstreckte, als sie mir eine Tasse Tee reichte, statt sie so ungezwungen anzunehmen wie die Gäste ihrer Arbeitgeber; weil ich fast erstickt wäre, als ich einmal eine der pelzigen, faserigen Edamame-Bohnen verschluckte; vor allem aber, weil ich, um ihr zu antworten, mit einem Stift Schriftzeichen aufmalte wie eine Vierjährige. Wenn ich nicht in der Schule war, ging ich mit A Yi auf den Markt, zur Reinigung und einmal drei Tage auf Urlaub nach Suzhou.

A YIS ELTERN WOHNTEN NOCH im Haus ihrer Ahnen am Kanal. Mein Chinesisch war zu schlecht, um sie nach ihrer Liebesgeschichte im Zeichen der Kulturrevolution, der Bilder von Mao Zedong und der Ein-Kind-Politik zu fragen. Aber das Essen schweißte uns zusammen, ihre Mutter und mich, denn ich fand ihren Zahn auf dem Boden, nachdem sie ihn sich an einer Sehne der Hühnerfüße ausgebissen hatte, die am Fenster des gegenüberliegenden Hauses verkauft wurden. Der Geschmack der fünf Gewürze für die Marinade war mir ebenso vertraut wie das Schachbrett mit den Elefanten, auf dem A Yis Vater neben uns gegen seinen Schwiegersohn spielte.

A Yis Mann war gerade von einer Reise nach Frankreich zurückgekehrt, wo er als Dolmetscher für einen hohen Beamten auf Handelsmission tätig war. Ich nahm an, dass er Französisch studiert hatte, weil er frankophil war. Er korrigierte mich freundlich: Eher sei er durch sein Französischstudium frankophil geworden. Bei der Zulassungsprüfung zur Universität habe er zu den Besten des Landes gehört. Die Behörden hätten ihn der Sprachenfakultät zugewiesen, genauer gesagt, dem Fachbereich Französisch. Dann habe er gleichzeitig mit seinen Kommilitonen sein erstes »bonjour« ausgesprochen. Über Beruf und Zukunft nachzudenken und sich für das eine oder andere zu entscheiden war unmöglich, denn die Regierung hatte schon alles für sie entschieden. Wenn er gekonnt hätte, hätte er Agrarwesen studiert, was ihn seit jeher leidenschaftlich interessiert habe. Doch er sei zur Vernunft gekommen und habe sich daran erinnert, dass er dann nicht zu den Privilegierten gehört hätte, die reisen durften und sollten. Dann hätte er nicht über den Wolken geschlafen, die Nadelwälder in der Taiga gerochen oder den Glauben der Frommen erlebt, die an ihrem Geburtstag die Shwedagon-Pagode in Rangun fegten. »Der Staat kennt dich besser als du dich selbst«, sagte er und sang *Je ne regrette rien.*

In meinem Fall waren es meine Brüder, meine Mutter und Hà, die mich besser kannten als ich mich selbst.

EINES ABENDS ZEIGTE A YI Louis und Hà ein Notizheft mit einer Liste all ihrer Besucher samt Aufenthaltsdauer, das sie den städtischen Behörden jede Woche vorlegen musste – ein Beleg dafür, dass der Staat die beiden mittlerweile bestens kannte. Irgendwer irgendwo in einem neonbeleuchteten Büro wusste, dass Hà in ihr vietnamesisches Tagebuch schrieb, wenn sie nachts hochschreckte, dass Louis eine Rolex aus den Vierzigern besaß, die er von seinem Vater geerbt hatte, dass die beiden großzügig für tibetische Schulen spendeten usw. Dagegen bin ich mir ganz sicher, dass keiner mitbekam, wie oft Louis beim Frühstück versicherte, neben der schönsten Frau der Welt aufgewacht zu sein, oder mit welcher Lust er über Hàs ebenholzschwarze Haare strich, die sie gerade geschnitten trug wie eine japanische Puppe. Louis hätte Hà in jeder Menschenmenge allein am Schwung ihrer Wade erkannt. Und wie verliebt er sie jedes Mal ansah, wenn sie, um von sich zu sprechen, wie alle Asiaten die Spitze ihres Zeigefingers an die Nasenspitze legte, statt, wie im Westen üblich, auf die Brust zu deuten! Ich habe die beiden immer nur Hand in Hand gehen sehen.

Jeden Tag klebte Louis ein neues Zitat an den Badezimmerspiegel. Ich durfte es immer mit Hà zusammen lesen. Unbekannte Wörter schlugen wir im Wörterbuch nach und versuchten, den Sinn des Zitats zu begreifen, bevor Louis abends nach Hause kam. Anhand von Victor Hugos »Was ist dein Kuss? – Das Lecken einer Flamme« lehrte mich Hà den Unterschied zwischen dem Zungenkuss der westlichen Kultur und dem Nasenkuss der Vietnamesen: Während der eine schmeckt, riecht der andere; deshalb gebrauchen junge Vietnamesen das Wort *thơm* (Duft) für küssen oder um einen Kuss bitten. Paul Géraldys »Wenn du mich liebtest und wenn ich dich liebte, wie ich dich lieben würde« verwischte unsere Zeitlinie. War das Wunsch oder Reue? Wir haben diese Diskussion nicht fortgesetzt, weil Hà sehr heftig auf das Wort »Reue« reagierte: »Versprich mir, dass du nichts bereuen wirst! Niemals!«

ICH BEREUTE ES ALSO NICHT, dass ich statt in den Vereinigten Staaten in Québec studierte. Hà sah mich meine Abende schon in der Bibliothek der Harvard University verbringen, wo Louis seinen Abschluss in Internationalen Beziehungen gemacht hatte. Er führte uns über den Campus und zeigte uns vor allem die Bibliothek, eine Schenkung von Mrs. Widener zum Gedenken an ihren Sohn, der beim Untergang der »Titanic« ums Leben gekommen war. Hundert Jahre später liegt, dem Wunsch seiner Mutter entsprechend, immer noch ein Strauß frischer Blumen in dem Saal, der Harrys Sammlung von dreitausenddreihundert Büchern enthält. Die Bibliothek meines Großvaters Lê Văn An umfasste wahrscheinlich genauso viele Bücher in vietnamesischer und französischer Sprache.

Als die ersten kommunistischen Angriffspanzer nach Saigon rollten, befahl uns Großvater, die politischen Bücher zu verbrennen. In den folgenden Wochen vernichteten wir auch Geschichtsbücher, Romane und Gedichtsammlungen, um wenigstens eine Anklage wegen Verrats durch den Besitz antirevolutionärer Instrumente abzuwenden. In unruhigen Zeiten ist man besser Hausmeister als Philosoph oder Tischler statt Richter. Die Polizisten kamen eines Nachmittags und rissen meinen Großvater aus seinem Schachspiel mit Long. Drei Tage später ließen sie ihn wieder laufen, wahrscheinlich weil er als Richter für die Freilassung seiner Freunde aus dem Widerstand gesorgt hatte. Oder auch, weil der Polizeichef gerührt war vom Mondlicht auf dem Leib des halb gelähmten Greises, der auf einer Bank unter einem

Guavenbaum lag, wo er festgehalten wurde. Nach seiner Rückkehr machte das Tappen seines Gehstocks auf den Fliesen das Fehlen der Dienstmädchen hörbar, von denen eines immer für das Abstauben der Bücher zuständig gewesen war.

Wäre mein Großvater nicht so bald von uns gegangen, hätte er meine Mutter bestimmt überreden können, mich nach Amerika gehen zu lassen, obwohl ich dort in einem Schlafsaal übernachtet hätte und sie schon von meiner Bemerkung über den obligatorischen Sexualkundeunterricht schockiert gewesen war. Bevor sie die Erlaubnis unterzeichnet hatte, hatte sie mir noch die Bedeutung der Jungfräulichkeit eingeschärft. Lange glaubte ich, meine jugendlichen Hormone hätten mich veranlasst, ihr zu antworten: »Ein Körper ist keine Sache. Er kann also weder neu noch gebraucht noch verbraucht sein.« Erst mit der Zeit begriff ich, dass ich diese Sicht der Dinge eher von Hà hatte und aus einem Artikel im *Reader's Digest* über die Vergewaltigungen der *Boat People* auf See.

Damals war ich fünfzehn. Kein Junge nahm Notiz von mir, als ich am Blumentisch stand und Sankt-Valentins-Nelken zur Finanzierung des Abschlussballs verkaufte. Ich war so durchsichtig wie die Blütenblätter der Skelettblume im Regen, obwohl ich zu den Besten meiner Schule gehörte. Ich konnte auch gut verschwinden, um meine Freundin nicht vor ihren Mitschülern zu beschämen. Ohne dass wir eine klare Absprache getroffen hätten, vermieden wir jeden Blickkontakt, wenn wir uns auf den Fluren oder in der Cafeteria begegneten. Niemand ahnte, dass wir täglich nach dem Unterricht telefonierten. Ich kannte ihre Strickmanie und sie meinen Wahn, jedes Buch, das ich besaß, in heimlich gekauftes Geschenkpapier einzuschlagen, damit ich es das ganze Jahr über als Geschenk betrachten konnte. Jeder Dollar, den ich für diese Papierpäckchen im »Supersonderangebot«, wie Marguerite Duras es genannt hätte, ausgab, hätte ein Mitglied meiner Familie in Vietnam drei, vier Tage ernähren können. Das war mein erster egoistischer und, ja, auch Liebesakt. Meine Bücher bewahrten mich vor den Vorwürfen, mit denen meine Mutter meine Schwägerin Hoa traktierte. Ohne meine Bücher hätte ich vielleicht nicht gesehen, wie hinreißend Cléments blaue Augen waren, der ganz hinten in meiner Klasse saß und rosige Wangen hatte wie ein Liebesapfel. Und meine Bücher ermutigten mich, das Angebot einer Freundin meiner Mutter auszuschlagen, die mir einen Jungen vorstellen wollte, der wie ich »ein wenig unscheinbar« war.

MEINE MUTTER KANNTE FAST alle Mütter, da sie für den Verein vietnamesischer Frauen in Québec arbeitete. Sie kochte viel für die Neujahrsfeier im Complexe Desjardins in Montréal, wo sich Vietnamesen aus der gesamten Provinz trafen. In Vietnam hatten meine Großeltern sehr großen Wert darauf gelegt, dass zu Neujahr die richtige Person als Erste durch die Tür kam. Davon hing Erfolg oder Pech für das kommende Jahr ab. In Québec gaben die Vietnamesen diese Tradition auf, denn das Neujahrsdatum variierte von Jahr zu Jahr zwischen dem 21. Januar und dem 20. Februar und fiel nur selten auf einen Feiertag. Also begingen wir Têt immer am Sonntag vor dem ersten Tag des Mondjahrs an einem Ort, der genügend Platz für ein paar Tausend Besucher und vor allem für unsere Essstände bot.

Im Gegensatz zu den sonstigen Gewohnheiten armer Immigranten erlaubten wir uns, Geld auszugeben, ohne groß zu überlegen oder uns schuldig zu fühlen. Restaurants und Feinkostläden verdienten an einem Tag so viel wie sonst im Monat, und die Organisationen der Gemeinschaft sammelten Geld für das ganze Jahr. Der Verein vietnamesischer Frauen übertrumpfte wahrscheinlich alle, denn der solidarische, aber unerbittliche Wettstreit der Frauen, die ihre Kochkunst unter Beweis stellen wollten, hob das Niveau der angebotenen Speisen. Am Morgen des Sonntags vor dem Têt standen meine Mutter, Hoa und ich deshalb sehr früh auf, um Kräuter zu hacken, Schweinefleisch in feine Streifen zu schneiden, Krabben der Länge nach zu halbieren und dann alles in Reispapier zu wickeln. Obwohl wir drei Personen mit unterschiedlich großen Händen waren, mussten alle Rollen gleich groß werden, einschließlich der drei Zentimeter Schnittknoblauch, die stolz wie Antennen daraus hervorstachen. Die Jugendlichen kauften unsere Rollen, gefüllten Ravioli, warmen Pasteten und Maniokkuchen, während die Mütter zwischen den Ständen herumspazierten und unverheiratete junge Mädchen beäugten, die ihnen Freundinnen oder Bekannte für ihre Söhne empfohlen hatten.

Auf einem dieser Feste erzählte eine Dame meiner Mutter von einem Jungen, der in Rimouski lebte. Er sei der richtige Mann für mich, meinte sie, weil unsere Sternzeichen kompatibel seien. »Er ist nicht sehr schön, aber fleißig, wie deine Tochter Vi.« Meine Mutter aber wollte einen starken Mann, weil sie mich für zu schüchtern und farblos hielt. Also sagte sie mit einem freundlichen Lächeln zu der Dame: »Danke, du hast sicher recht. Aber man muss den armen Jungen ja nicht gleich so weit verschleppen.« Mitten in dem ganzen Tohuwabohu hörte ich plötzlich das Wort »intrinsisch« aus dem Mund eines jungen Mannes, der sich in der Schlange vor unserem Stand mit seinen Freunden unterhielt. Das Wort kannte ich nicht, aber die Schwester des jungen Mannes, der es gebraucht hatte. Sie stand neben mir an der Kasse. Ihr Beiname, »die schönste junge Vietnamesin«, hatte mich ziemlich eingeschüchtert. Zu meiner großen Überraschung war sie gleich auf mich zugekommen und hatte mir Komplimente über meine glatten, schwarzen Haare und meine dichten, wenn auch unter der Lidfalte verborgenen Wimpern gemacht. In der ersten Pause nahm sie mich mit zur Toilette und tuschte sie mit Mascara, um mir zu zeigen, wie lang sie waren, was mir bis zu dieser Enthüllung völlig entgangen war. Dann stellte sie mich ihrem Bruder Tân vor und hielt mich dabei an der Hand, als ob wir seit Langem Freundinnen wären. Ich stand nur mit offenem Mund da, weil mich das Wort »intrinsisch« neugierig gemacht hatte und Tâns Lächeln mir auf der Stelle die Seele stahl.

TÂN WAR ACHT JAHRE ÄLTER als ich. Ganz zufällig war er durch seine Arbeit von Montréal nach Québec verschlagen worden und hatte sich beim Badminton mit meinen drei Brüdern angefreundet. Er kam oft zu uns, so oft, dass er auch einen eigenen Schlüssel bekam wie die vielen Familien, die nach ihrer Ankunft in Québec bei uns wohnten. Egal wie groß unser Haus oder die Familien waren – meine Mutter öffnete unsere Türen immer weit und beherbergte die FOB *(fresh off the boat)*, so lange sie bleiben wollten. Es herrschte ein ständiges Kommen und Gehen, und als mein Bruder Lộc einmal einen Dieb im Haus antraf, beunruhigte ihn das gar nicht, weil er ihn für einen Freund von irgendwem hielt. Der Dieb nahm die Autoschlüssel mit, die offen herumlagen, weil wir uns alle dasselbe Auto teilten. Bis die Polizei den Wagen wiedergefunden hatte, verlieh Tân freundlich und großzügig seines oder spielte wenn nötig auch Chauffeur, was mir die Gelegenheit gab, mit ihm allein zu sein.

Mein Bruder Linh hatte seinen Arbeitgeber bekniet, sodass ich mit sechzehn in seiner Firma jobben konnte. Abends saß ich immer in dem riesigen leeren Büro und druckte Versicherungspolicen, Schecks, Reklamationen und anderen Papierkram aus, konnte aber zwischendurch, wenn ich nicht gerade Formulare nachlegen musste, lernen und meine Hausaufgaben machen. Sofern es keine Probleme gab, hatte ich um 22 Uhr Feierabend. Aber im selben Rhythmus, wie Naturkatastrophen oder Unfälle über die Versicherten hereinbrachen, stürzten auch die Maschinen und Programme ab. Dann versäumte ich den letzten Bus, und Tân bot mir an, mich abzuholen, schließlich säumte ich immer seine neuen Hosen und bügelte die, die aus der Wäsche kamen.

Wie meine Mutter meinen Vater und Hoa meinen Bruder Long musste ich ihn langsam und geduldig lieben und dabei zählen und notieren, wie oft pro Woche er meinen Namen sagte. Ich hängte seinen Wintermantel über den Heizstrahler, um ihn zu wärmen. Ich füllte sein Bierglas, damit es kühl blieb. Ich legte ihm *biscotti* neben seinen Kaffee, um die Erinnerung an seine Jugend in Rom wachzuhalten, wo sein Vater erst als vietnamesischer Auslandsstudent und später als italienischer Ingenieur gelebt hatte. Tân weihte uns in die Kunst der Spaghetti *alla Carbonara* ein, also mit *pancetta* und *parmigiano*, sang uns italienische Lieder vor und ahmte Pavarotti nach. Durch ihn entdeckten wir *La Dolce Vita* und all die anderen Filme mit Marcello Mastroianni. Er brachte meiner Mutter und mir Paso Doble, Tango und Cha-cha-cha bei. *Black Magic Woman* von Santana tanzt heute noch im Rhythmus seines »eins, zwei, drei, Cha-cha-cha« durch meinen Kopf. Bei den vielen Menschen in unserem Haus arteten diese spontanen Unterrichtsstunden schnell zu einem Fest aus, auf dem Linh stolz seine Kompilationskassetten abspielte.

Die schönen Zeiten endeten, als Tân von seinem Arbeitgeber für ein neues Projekt nach Montréal zurückberufen wurde. Das brachte mich auf die kühne Idee, gegen den Willen meiner Mutter und meiner Brüder mit ihm zu gehen und mich an der dortigen Universität für ein Übersetzerstudium zu bewerben. Es war auch eine Flucht vor den enttäuschten und sorgenvollen Blicken meiner Familie. Lange Zeit hatte ich alle einschließlich meiner selbst davon überzeugt, dass ich Chirurgin werden würde wie meine beste Freundin in Québec. Sie hatte mich einmal in die Schulbücherei mitgenommen, um mir Bilder von ihrem Zukunftstraum zu zeigen. Da ich noch nicht in der Lage war zu träumen, tat ich es ihr nach, eignete mir ihren Traum an und verewigte ihn sogar im Abibuch. Ich musste meine Entscheidung nicht erklären, denn sie gefiel allen und erfüllte alle Erwartungen. Deshalb war meine kleine Gemeinde so bestürzt über meine Absicht, Übersetzen zu studieren. Sie sorgte sich um meine unsichere Zukunft, dabei hätten meine fast völlige Unkenntnis des Englischen und in geringerem Grade auch des Französischen sie viel mehr beunruhigen sollen. Trotz ihrer Missbilligung steckten mir meine drei Brüder am Tag meines Auszugs Geld in die Tasche. Und meine Mutter sagte in der Tür zu meinem Zimmer im Studentenwohnheim sehr langsam und mit ernster Stimme: »Wenn du merkst, dass du einen Fehler gemacht hast, dann hab bitte den Mut, ihn einzusehen und anderswo neu anzufangen.«

DIESEN MUT HATTE ICH NIE. Allein im Halbdunkel meines Zimmers, sammelte ich schlechte Noten. Wenigstens blieben meine Mutter und meine Brüder von meinen Niederlagen verschont, solange ich weit genug weg war, tröstete ich mich. Mein wiederholtes Scheitern erinnerte mich daran, dass ich den *Grevisse* weiterlesen müsste, ich sollte ihn ständig in meinem Rucksack mit mir herumschleppen, auch auf die Gefahr hin, dass ich unter seinem Gewicht im Frühling in die Pfützen fiel und im Winter auf dem Eis ausrutschte. Ich machte schon Fortschritte, wenn ich in Wörterbüchern blätterte, aber meine Schwierigkeiten führten mir tagtäglich vor Augen, dass ich niemals Dolmetscherin bei den Vereinten Nationen in New York werden würde, wie Hà es sich erhoffte. Mangels Mut hielt ich die drei Studienjahre durch und bekam sogar unverdient ein Diplom. Ich sehe mich noch voller Scham, mit gebeugtem Rücken und gesenktem Kopf in Hörsälen und Fluren hocken, genauso wie bei Tân zu Hause.

Meine Brüder hatten Tân gebeten, sich um mich zu kümmern. Also lud er mich mindestens einmal alle zwei Wochen zum Essen mit seiner Familie ein, bei der er noch wohnte. Manchmal reichte er mich an seine Schwestern weiter, die mich dann zu ihren Partys mit anderen Vietnamesen in Montréal mitnahmen. Überall auf den Balkonen und an den Tischen redeten die Freunde von Tân und seinen Schwestern über ihre Noten und darüber, auf welche Fachrichtung sie sich nach Abschluss ihres Medizinstudiums spezialisieren wollten, welche Apotheken sie zu kaufen gedachten oder über die Eröffnung einer Zahnklinik in diesem oder jenem Viertel, in dem es noch keine Versorgung für Vietnamesen gab. Keiner interessierte sich für meine Geschichte von dem genialen Professor, der ein Shakespeare-Zitat mithilfe eines Molière-Zitats interpretierte, oder gar die zahllosen falschen Freunde in Französisch und Englisch. Heißt *habit* auf Englisch »Gewohnheit« (*habitude*), weil Leute für gewöhnlich das gleiche Gewand (*habit*) tragen? Und wie wurde aus dem französischen »Brocken« (*bribe)* die englische »Bestechung«? Ist Freundlichkeit (*gentillesse*) so nett (*gentil*), dass *gentil* zu *gentle* (»sacht«) wird? Ich langweilte die Leute mit meiner Begeisterung für diese verwirrenden Ähnlichkeiten und Unterschiede. Trotzdem ging ich immer wieder mit, um ein Lächeln von Tân zu erhaschen, die Erinnerung an seine Stimme aufzufrischen oder eine neue Bewegung seiner Hände zu entdecken …

OHNE JACINTHE, MEINE STUDIENKOLLEGIN aus Chibougamau, die zu einer engen Freundin wurde, hätte ich mein Diplom nie geschafft. Als ich sie bei einer Übung in unserer ersten Vorlesung nach der Bedeutung des Wortes »Rhetorik« und dem Geschlecht von »Katastrophe« fragte, war sie gerührt von meiner Ahnungslosigkeit. Sie überredete mich, mein Studium fortzusetzen, nachdem ein Professor mir aufgrund meiner katastrophalen Leistungen eindringlich empfohlen hatte, die Fakultät zu wechseln. Vorher war ich noch nirgendwo die Schlechteste gewesen, aber dank Jacinthes Zuwendung gelang es mir, die Schande zu überleben. Sie schleppte mich in Geschäfte, Cafés und Parks und versprach, mir bei der Rückkehr in die Bibliothek mit den Hausarbeiten zu helfen, damit ich die verlorene Zeit wieder einholte. Sie bestand auf Tanzpausen zur Unterbrechung langer Arbeitssitzungen. Die Mittwochabende waren für Museumsbesuche bei freiem Eintritt reserviert. Wir lernten gemeinsam die Namen der Maler, und ich lernte von Jacinthe Begeisterung.

Ihren Bekannten und Freunden stellte Jacinthe mich als »die schöne Vi« vor, von Tân verlangte sie eine Bestätigung ihrer Behauptung: »Sie ist schön, unsere Vi, nicht wahr?« Tân nickte höflich, ohne ihre Meinung zu teilen. Ich konnte schon die Kommentare seiner Mutter hören: »Groß ist sie ja, aber so dunkel! Das arme Mädchen! Wenigstens ist sie nett.« Deshalb hätte ich nie erwartet, dass Tân mich eines Abends auf dem Parkplatz hinter dem japanischen Restaurant, in dem ich freitags und samstags arbeitete, küssen würde. Die Mischung aus den Gerüchen von gegrilltem Aal und Sukiyaki und den Tempuraausdünstungen meiner Haare machten sein Aftershave überwältigend. Wahrscheinlich hatte er nur meine Schenkel berührt, aber mein ganzer Körper war in Aufruhr.

Bis zu unserem nächsten Treffen las ich im Wörterbuch der Synonyme und Antonyme und strickte mit Jacinthe und ihren Mitbewohnerinnen. Als Tân endlich wiederkam, schenkte er mir eine aus dem Blumenarrangement seiner Mutter geklaute Plastikmargerite statt einer frischen. Er musste keine Süßigkeiten zu unseren Rendezvous in meinem Zimmer mitbringen, weil ich seine Lieblingsdesserts schon im Kühlschrank hatte. Und obwohl ich keinen Kaffee trank, fand er jeden Morgen, wenn er bei mir aufwachte, eine frisch aufgebrühte Tasse vor. Er kam, wenn ihm danach war, denn noch bevor er mich fragte, hatte ich meinen Schlüssel schon an seinem Schlüsselbund befestigt.

JACINTHE ÜBERREDETE MICH nach dem Diplom, mit ihr in eine Wohnung am Chemin de la Côte-des-Neiges zu ziehen, wo wir gemeinsam weiterstudieren könnten, aber diesmal Jura. Tân kam immer öfter über Nacht zu mir in das gemütliche Nest mit der dunkelroten Wohnzimmerwand, das Jacinthe geschaffen hatte und in dem überall Bilder von ihren Malerfreunden hingen. Tâns lange Abwesenheiten von zu Hause erzürnten seine Eltern. Sie zitierten mich zu sich, um mir die vietnamesischen Sitten und Gebräuche wieder vor Augen zu führen, und schlossen mit dem väterlichen Rat: »Denk an die Dankbarkeit, die du deiner Mutter schuldest, bevor du dich weiter so erniedrigst.«

Ich hoffte, Tân würde mich verteidigen, uns verteidigen, sich verteidigen. Zu meiner großen Bestürzung war auch er der Meinung, dass ein Mädchen aus gutem Hause sich einem Mann nicht ganz und gar hingeben dürfe. Aber weil es so einfach war, blieb er aus Faulheit und Bequemlichkeit bei mir.

Durch Personen, denen ich nie begegnet bin, kamen diese Nachrichten auch meiner Mutter zu Ohren. Nach meiner ersten Prüfung in Verfassungsrecht wartete sie vor meiner Wohnung. Kaum hatte sie den Fuß über die Schwelle gesetzt, lag ich schon vor ihr auf den Knien. Sie zog nicht einmal ihren Mantel aus, weil sie nur zwei Sätze zu sagen hatte: »Ich habe bei deiner Erziehung versagt. Ich bin nur gekommen, um meinem Scheitern ins Antlitz zu sehen.« Dann ging sie, so schnell sie gekommen war, und fuhr mit meinem Bruder Lộc, der im Auto auf sie gewartet hatte, davon. Später fand ich im Briefkasten einen Umschlag mit Hundertdollarscheinen und einem Brief meiner drei Brüder: »Komm uns in einer Ferienwoche besuchen, wenn du kannst.«

ALS ICH TÂN IN BERLIN BESUCHTE, um den Fall der Mauer zu feiern, brachte ich den letzten Funken Hoffnung meiner Mutter zum Erlöschen. Tân arbeitete dort in den zwei Monaten, die das Ende einer Epoche markierten, das Ende von Ost und West, das Ende einer langen Spaltung. Ich schrieb ihm jeden Tag, solange er dort war. Und bekam zwei Ansichtskarten als Antwort. Eine zeigte Doisneaus *Kuss vor dem Rathaus*. Auf die Rückseite hatte er geschrieben: »Ein Bild sagt mehr als tausend Worte.« Ich hatte die beiden Karten immer bei mir: Sie lagen während der Vorlesung auf meinem Pult, in meiner Tasche, wenn ich unterwegs war, neben dem Spiegel, wenn ich mir die Zähne putzte … Nie war mein Name mir so kostbar erschienen und so schön geschrieben wie von seiner Hand. Als Tân mich anrief, um mir diese Reise vorzuschlagen, flog ich nach dem Weihnachtsessen mit meiner Familie sofort zu ihm.

Vor dem Brandenburger Tor war die Mauer weniger hoch und viel breiter, sodass wir hinaufklettern und die Menschenmenge übersehen konnten, die von beiden Seiten darauf zuströmte. Sprachen aus allen Ecken der Welt vermischten sich um uns herum und wurden zu einer einzigen. Der französische Journalist, der uns hochhob, damit wir besser hinaufkamen, lud uns ein, auf dem Fußboden seines Hotelzimmers zu übernachten, falls wir nichts anderes hätten. Der portugiesische Bankier, der uns auf die Mauerkrone zog, bot uns einen Schluck aus seiner Schnapsflasche an. Eine holländische Studentin teilte ihre Schokoladentafel mit uns. Tagsüber in Ostberlin hatte ich furchtbar gefroren, abends aber wärmte mich das ständige Umarmen und Herzen der Menschen, bis Tân mich den Armen eines Libanesen entriss, der doppelt so groß war wie ich und uns alle *habibi* nannte. Also stieg ich von der Mauer herunter und folgte Tâns missmutigen Schritten.

Meine Brüder und meine Mutter freuten sich auch nicht richtig über die Mauerbrocken, die ich mitgebracht hatte. In ihren Augen waren sie nur ein Beweis für meine Eskapade mit Tân, die von mangelndem Respekt gegenüber meinen Ahnen, meiner Kultur und allen Mühen und Opfern meiner Mutter zeugte.

UM DIE SITUATION ZU NORMALISIEREN und die kläglichen Reste unseres Rufs zu wahren, organisierten Tâns Eltern gemeinsam mit meiner Mutter unsere Verlobung. Ab dem Moment, als ich mich vor dem Altar der Ahnen beider Familien verneigte, mussten wir unsere jeweiligen Eltern *Ba* und *Má* nennen, »Vater« und »Mutter«. Natürlich flogen Hà und Louis aus Rio de Janeiro ein, um bei der Feier dabei zu sein. Hà ließ es sich nicht nehmen, mich zu schminken, zu frisieren und mit der traditionellen Krone zu schmücken. Als sie die Lockenwickler herausnahm, mit deren Hilfe sie mir Engelslocken wie in ihrer Jugend gedreht hatte, musste ich ihr versprechen, nicht vor meinem dreißigsten Geburtstag zu heiraten. Wenn sie nicht so sehr darauf bestanden hätte, hätten wir wohl gleich mit den Hochzeitsvorbereitungen begonnen, obwohl Tân schon meine langen Arbeitszeiten als Referendarin in einem Anwaltsbüro monierte.

Jacinthe war bei einer großen Firma nebenan angestellt. Wir waren ungefähr zwanzig Nachwuchskräfte, die hart arbeiteten, aber nach Feierabend, so ab 22 Uhr, öfter gemeinsam essen gingen. Jacinthe hatte Dutzende Verehrer. Sie war bald in der ganzen Juristengemeinde bekannt. Durch einen schief über den Schneidezahn stehenden Eckzahn war ihr Lächeln so bemerkenswert wie ihr wildes Amazonenhaar. Sie gehörte zu den wenigen Frauen, die sich in Kleidern in Fanta-Orange, elfenbeinfarbenen Hosen und Jacken und mit anderem Ohrschmuck als Perlen auf die Straße wagten. Ihre schwindelerregenden Dekolletés und Absätze trug sie mit der Natürlichkeit femininer Feministinnen.

Zu unserer ersten selbst organisierten Fete kamen so viele Kollegen mit ihren Freunden, dass wir sie nicht mehr zählen konnten. Tân war sichtlich verärgert, Fremde vorzufinden, die in meinem Bett eingeschlafen waren, und andere, die sich in unserem Badezimmer vergnügten. Er ging einfach mitten am Abend mit einer Bemerkung, die den Anfang vom Ende unserer Geschichte markierte: »Du ›arbeitest‹ mit diesen Leuten?«

Seit dieser euphorischen Nacht unter der Devise *work hard, play harder* gab sich Tân nicht mehr mit meinen Ragouts und den Spaghettini mit Zitronenzesten oder Fleischpasteten von Jacinthes Eltern zufrieden. Als ich ihm eines Abends sagte, ich könnte wegen eines Retreat-Wochenendes meiner Kanzlei nicht zum Jahrestag des Todes seines Urgroßvaters kommen, wurde er so wütend, dass er den Croque-Monsieur, den ich für ihn gemacht hatte, samt Teller vor unseren Augen in den Mülleimer schmiss. Wie eine Löwin sprang Jacinthe auf und warf Tân aus der Wohnung. Ohne den flehenden Blick aus meinen vor Schreck und Scham geweiteten Augen hätte sie ihn wohl noch geohrfeigt, statt ihm bloß mit ihrer tiefen, kraftvollen Stimme hinterherzurufen: »Du verdienst sie nicht. Hau ab!«

Ich brauchte mehrere Wochen, bis ich den Mut hatte, Tâns Eltern anzurufen und sie um ein kurzes Treffen zu bitten. Sie bestanden auf der Anwesenheit ihres Sohnes. Ich gab ihnen die Ohrringe und die Goldkette zurück, die sie mir zur Verlobung geschenkt hatten, und auch den Diamantring, den Tân in meiner Gegenwart in letzter Sekunde von einer Bekannten seiner Mutter gekauft hatte, in blindem Vertrauen, ohne ihn überhaupt anzusehen. Es gab keine Schmuckschachtel, keinen Antrag und kein Versprechen. Dass Tâns Eltern mich trotz meiner Entgleisungen als Schwiegertochter akzeptiert hatten, war schon ein sehr großes Privileg. Ich entschuldigte mich für die Abwesenheit meiner Mutter. Als Eltern verstanden sie aber, dass ich ihr diesen Moment der Schande ersparen wollte. Tâns Mutter konstatierte, dass mein Ungehorsam für das Drama verantwortlich sei. Ich hätte ihrem Rat folgen und nur mit Tâns Freunden freundschaftliche Beziehungen pflegen sollen. Als Tân die Tür schloss, murmelte er, er habe von Anfang an, seit ich seinem ersten Kuss im Auto nachgegeben hätte, gewusst, dass ich zu verwestlicht sei.

Mein Verhalten hatte den Ruf zweier respektabler Familien zerstört. Meine Mutter musste die Fragen neugieriger Mütter beantworten und vor allem ihre mörderischen Bemerkungen ertragen: »Ihr zu erlauben, dass sie allein lebt, war ein Fehler«; »Hà hatte einen schlechten Einfluss auf Vi«; »Wer wird sie jetzt noch wollen?« …

Ich habe die Beziehung zu meiner Mutter zerbrochen. Ich habe meine Mutter zerbrochen. Wie mein Vater sie zerbrochen hatte.

ICH WÄRE GENAUSO ZERBROCHEN, hätte mich nicht eine der Anwältinnen meines Büros, die Präsidentin der Anwaltskammer geworden war, dazu eingeladen, mit ihr zu einem Treffen mit den Anwaltskammern von Phnom Penh, Hanoi und Luang Prabang nach Kambodscha zu reisen. Dort wurde über die Abfassung eines Bürgerlichen Gesetzbuchs diskutiert, über den Einfluss des französischen Rechts nach dem bzw. ohne Kolonialismus, über die Auflösung der ideologischen Grenze zwischen Ost und West, über Kommunismus und Kapitalismus usw. Ausländische Experten in Hemd und Krawatte präsentierten ihre Analysen und sahen dabei über die Einschusslöcher hinweg, die es nicht nur in den Außenmauern gab, sondern gelegentlich auch im Inneren, wie unter der Schiefertafel in unserem Sitzungssaal. Während wir die Bedeutung unabhängiger Richter betonten, schrieb in der Schule nebenan ein neunjähriger Junge, der täglich eine Stunde zu Fuß von seinem Dorf nach Phnom Penh ging, jede einzelne Seite des Englisch-Khmer/Khmer-Englisch-Wörterbuchs in sein Heft ab, weil es in seinem Dorf keine Bücher gab und schon gar keine Richter. Wenn man sich die Kriegsversehrten und die Waffen auf den Restauranttischen wegdachte, konnte man in Phnom Penh mit seinen prachtvollen Tempeln und Villen leicht die »Perle Asiens« erkennen, die es einmal war. Aber wenn man die Tempel von Siem Reap besuchte und über den Kopf eines Buddhas stolperte, den ein Plünderer zerstört und liegen gelassen hatte, hörte man die Schritte der Verfolgten des Pol-Pot-Regimes auf ihrem langen Marsch in den Tod.

Die Bilder von meinem Tagesausflug nach Siem Reap – zu Hunderten gestapelte Schädel, Kinder, die an den Füßen gepackt und gegen Baumstämme geschleudert wurden – linderte eine alte Dame im Sarong. Sie zog mich in die lichtdurchflutete Ecke eines Tempels von Angkor und schlug mir mit ihrer knochigen Hand ein paar Mal auf die Brust. Das Echo der jahrtausendealten Steine breitete sich in meinem Brustkorb aus und erweckte meine Lebensgeister wieder. Dank ihr konnte ich mich hinsetzen, ein rosa Satinbändchen aus meiner Tasche kramen und es dem kleinen Mädchen schenken, das Wasser und Ameiseneier an Touristen verkaufte.

Als die Sonne unterging und ich nicht mehr wusste, wie ich dieses Mädchen seinem nächsten Tag ohne Zukunft überlassen sollte, ging eine Gruppe von drei Männern an uns vorbei. Einer erklärte den beiden anderen auf Französisch, dass das Gebiet der Stadt Angkor viel größer gewesen sei als ihr Paris von heute und dass man die Devatas, denen die Aufgabe von Wächterinnen zukomme, nicht mit den Apsaras verwechseln dürfe, Tänzerinnen, die Menschen ebenso verführen könnten wie Götter. Ob der kommunistische Kontrolleur, der die beiden wertvollen Apsara-Statuen meines Vaters als »kulturell verderbt« bezeichnet hatte, diesen Unterschied kannte? Vielleicht hatte er sie ja nur konfisziert, weil er ihnen erlegen war, genauso wie ich dem dritten Mann dieser Gruppe erlag, als er eine ganze Weile lang mit den Fingerspitzen die Krümmung der provozierend nach außen hin geöffneten weichen Hände der Apsaras an den Mauern nachzeichnete. Am nächsten Tag auf dem Rückflug nach Montréal hatte sich mir das Bild vom Nacken dieses Fremden und der Rundung seiner Schulter klar und unauslöschlich eingeprägt. Ich hätte nie gedacht, dass ich einmal in seiner Halsbeuge einschlafen würde.

NACH MEINER RÜCKKEHR BAT MICH ein Anwaltskollege in sein Büro, um mit mir über ein langfristiges Hilfsprojekt für die Reformpolitik in Vietnam zu sprechen. Da er als einer der brillantesten Köpfe des Landes galt, folgte ich ihm blindlings, ohne zu wissen, dass Vietnamesen in Amerika manchmal das Haus verwüstet wurde, wenn sie es wagten, nach Vietnam zu reisen, und dass Vietnamesen in Kanada vor dem kanadischen Parlament gegen eine Wiederaufnahme der diplomatischen Beziehungen zwischen den beiden Ländern demonstrierten. Ich stieg ins Flugzeug, ohne die geringste Ahnung davon zu haben, dass es sich um ein äußerst heikles politisches Projekt handelte.

Bevor wir ein Büro gefunden hatten, in dem wir bleiben konnten, schlugen wir unser Hauptquartier in einem kleinen Hotel auf, in dem das ganze Team wohnte. Untertags wurden unsere Zimmer zu Büros und das Restaurant zum Konferenzraum. Morgens, mittags und abends aßen wir gemeinsam. Spätabends schlossen wir alle gleichzeitig unsere Zimmertür ab.

Ich machte nachts weiter und suchte in einsprachigen Wörterbüchern und solchen für Englisch-Französisch / Französisch-Englisch / Englisch-Vietnamesisch / Vietnamesisch-Englisch / Französisch-Vietnamesisch / Vietnamesisch-Französisch nach Entsprechungen für »Software«, »Umwelt« oder »ASEAN«, die es in den Siebzigerjahren in Vietnam nicht gab. Das Vietnamesische, das ich kannte, war vom Exil geprägt und in einer früheren Wirklichkeit aus der Zeit vor den Sowjets und den engen Bindungen zu Kuba, Bulgarien, der Tschechoslowakei, Rumänien usw. erstarrt. Mehr als dreißigtausend Vietnamesen leben in Warschau, und in Berlin ist das vietnamesische Viertel um vieles größer als das chinesische Viertel in Montréal. Die Geschichte Vietnams und der Vietnamesen lebt weiter, sie wird umfangreicher und vielschichtiger, ohne erzählt oder aufgeschrieben zu werden.

UM EIN PAAR EINBLICKE in zwanzig Jahre Vietnam hinter dem Eisernen Vorhang zu gewinnen, durchstreifte ich Garküchen. Vor meinem Hotel gab es mehrere. In einer bekam man Baguettes mit Leberpastete, in einer anderen gebratene Nudeln und in einigen Tonkin-Suppe. Ich beendete meine Tage mit dieser Suppe, die so gar nichts mit der in Montréal, Los Angeles, Paris, Sydney oder Saigon gemein hatte. Die Hanoi-Version enthielt lediglich einige Scheiben blutiges Rindfleisch, ich dagegen kannte dieses Gericht nur mit einem Dutzend verschiedener Zutaten wie Sehnen, Magen, Haxe, thailändischem Basilikum, Bohnensprossen usw. Im Süden Vietnams spottet man gern über die Sparsamkeit und Mäßigung der Menschen im Norden und macht das am unterschiedlichen Verständnis eines Dutzends deutlich: Im Norden bedeutet ein Dutzend zehn, im mittleren Norden zwölf, im mittleren Süden vierzehn und im Mekong sechzehn, manchmal auch achtzehn.

Anfangs fand ich die Tonkin-Suppe der Garköchin auf dem Bürgersteig vor meinem Hotel fade. Mit der Zeit lernte ich deren Schlichtheit zu schätzen und genoss die Kaffir-Limonenblätter in der Variante mit Huhn und den gegrillten Ingwer in der Variante mit Rind. Natürlich musste ich die Frau erst darum bitten, meine Schüssel nicht mit einem Löffel Glutamat zu würzen, das während des Krieges eine wertvolle Zutat war. In den härtesten Jahren wurde dieses Salz nicht nur als Geschmacksverstärker verwendet – es war der Geschmack selbst, die einzige Zutat zu weißem Reis. Aus reiner Gewohnheit verwendete die Köchin es weiter, um die Aromen abzurunden, obwohl die Suppe nun echtes Huhn enthielt und Fleisch nicht mehr rationiert war. Ein paar von den alten Reflexen halfen ihr auch, sich dem Rhythmus der Razzien anzupassen. Die Polizei hatte den Auftrag, gelegentlich die Leute zu verscheuchen, die illegal öffentliche Gehwege blockierten, allerdings immer nur auf einer Seite der Straße. Die Kontrollen dauerten stets nur wenige Minuten und wurden rechtzeitig von den Nachbarn angekündigt, sodass die Verkäufer einfach die Straßenseite wechseln konnten. Meine Köchin und ihr Mann hatten also genug Zeit, ihre vier, fünf Kunden zu bitten, sich mit ihrer Schale zu erheben, und den Tisch auf den gegenüberliegenden Bürgersteig zu tragen. Einmal löffelte ich meine Suppe unter einem Baum zu Ende und beobachtete dabei entzückt diese perfekt abgestimmte Choreografie.

IN DEN ERSTEN MONATEN meines Einsatzes in Hanoi war ich fasziniert von der Geschicklichkeit eines kleinen Jungen, der auf dem Fahrradgepäckträger seines Vaters mitfuhr, ohne mit den Füßen in die Speichen zu kommen, von den Fahrern der Motorradtaxis, die auf ihrem Sattel sitzend schliefen, und am meisten von den sechs Varianten des Wortes »lieben« auf Vietnamesisch: bis zum Wahnsinn lieben; lieben, bis man Wurzeln schlägt wie ein Baum; rauschhaft lieben, bis zur Bewusstlosigkeit, bis zur Erschöpfung, bis zur Selbstaufgabe lieben.

Ich wollte alles sehen, alles lernen, bis wir einen festen Standort in Trúc Bạch fanden.

Diese Halbinsel, auf der unser Büro und meine Wohnung lagen, stand in dem Ruf, die schönsten Glocken und Bronze-Statuen zu produzieren. Wir hatten uns für dieses Viertel entschieden, weil sowohl der Ort als auch seine Bewohner so nüchtern und unauffällig waren – ein Erbe des im 18. Jahrhundert von einem Adeligen errichteten Gefängnisses, in das er seine Konkubinen sperrte, die er der Kriminalität verdächtigte. Ich war über die Abgeschiedenheit sehr froh, weil ich nun nicht mehr zehn Mal pro Vormittag einen Kriegsversehrten abwimmeln musste, der Lotterielose verkaufte, und weil mir das Gerede der Expats, wie lästig doch der Talkumpuder sei, den die Masseusen für einen *hand job* nahmen, genauso erspart blieb wie der Anblick der neuen Millionäre in ihren übertrieben luxuriösen Autos neben fünf- oder sechsjährigen Schuhputzern. Vor allem mied ich das schönste Café von Hanoi am See des zurückgegebenen Schwertes, weil ich die abfällige Bemerkung eines ausländischen Gastes über den Kellner, der nicht zwischen Macchiato und Cappuccino unterscheiden konnte, als persönliche Kränkung empfand. Ich starb jedes Mal vor Scham, weil ich zu feige war, diese Jungen in Schutz zu nehmen, die nach Geschäftsschluss wahrscheinlich im Café übernachteten und vor allem wohl nie die Chance gehabt hatten, einen von diesen Kaffees zu probieren. Auf der anderen Seite fühlte ich mich auch für die horrenden Preise verantwortlich, die den Touristen dort abgeknöpft wurden, und manchmal auch für die Unhöflichkeiten, die sich Vietnamesen herausnahmen, weil sie sich von der Mauer der Sprache geschützt fühlten.

Um mich von diesen Unannehmlichkeiten und wirren Gefühlen abzulenken, konzentrierte ich mich lieber auf meine Arbeit. Es war bedeutend leichter, eine Staatsgesellschaft auf Papier zu analysieren, als die Angestellten zu treffen, die mit ihrer Familie auf dem Firmengelände hausten. Und ein Seminar über den Schutz des Bürgers durch das Konzept des *Ombudsmanns* zu organisieren, erschien mir weniger sinnlos, wenn ich die zwischen die Akten hoher Beamter gesteckten Kuverts mit der Aufschrift »für die Ausbildung Ihrer Kinder« übersah.

MEIN CHEF WAR MIT SEINEN achtundsechzig Jahren der jüngste Mann in meinem Hanoier Umfeld. Er wachte über mich wie ein Vater und drängte mich zum Besuch der Empfänge, auf die ich eingeladen war. Meistens schob ich meine Arbeit vor, aber an der Feier zum 14. Juli in der französischen Botschaft nahm ich teil, weil ich die Frankophonie unterstützen wollte. Anstandsgemäß begrüßte ich einige Leute, die meinen Gruß höflich erwiderten, ohne sich weiter um mich zu kümmern. So konnte ich mich unbemerkt hinter die beiden Bronze-Störche am Ende des Gartens zurückziehen, um Gesprächen über das Dienstmädchen zu entgehen, das einen Designer-Plisseerock »aus der Kollektion von Issey Miyake« glatt gebügelt hatte, oder über die Rettung eines Mahagoni-Tischs mit Perlmutt-Intarsien, dem Sonne und dem Regen zugesetzt hatten, oder über die Liste der wichtigsten Unternehmen Vietnams, die demnächst an die Börse gehen sollten.

Vincent kam auf mich zu und fragte mich, ob ich den Unterschied zwischen Störchen und Kranichen kenne. »Die Störche klappern mit dem Schnabel, singen aber nicht, im Gegensatz zu den Kranichen, die bei der Liebe sehr laut schreien können.«

Als die Bediensteten damit anfingen, die Stühle zusammenzuklappen, verließen wir den Garten. Vincent brachte mich auf der Stange seines alten chinesischen Fahrrads nach Hause. Er nahm die Straße, die am Haus des einstigen Gouverneurs von Indochina vorbeiführte, von wo aus der Duft der Milchsterne das ganze Viertel durchzog. Am nächsten Morgen holte er mich zu einem

Frühstück bei der eleganten Madame Simone Đài ab, bei der es Crêpes mit Zucker und Limettensaft, hausgemachten Joghurt und Croissants gab, die von den Kellnern »Büffelhörner« genannt wurden. Mittags ließ er mich geröstete Erdnüsse mit Fischsoße probieren, die »die Locals« mit Reis aßen. Abends radelte ich mit ihm nach Hồ Tây, wo junge Liebespaare in Heilkräutern gegarte Schnecken verzehrten. In weniger als vierundzwanzig Stunden stellte ich fest, dass Hanoi sehr viel mehr war als die fünfzehn Straßen und sechs Adressen, die meinen Alltag prägten.

Binnen weniger Tage legte Vincent mir die Welt zu Füßen: Er erzählte mir von den Besonderheiten des Körpers der weiblichen Anophelesmücke, die die Malaria überträgt, von einer kürzlich mitten in Phnom Penh entdeckten neuen Vogelart und vom Penisknochen im männlichen Geschlechtsorgan fast aller Primaten außer dem Menschen … Ich hatte noch nie vom Beruf des Ornitho-Ökologen gehört oder dass man auf vietnamesischem Gebiet bis dato unbekannte Vögel finden konnte. In vielen Jahren geduldiger, beharrlicher Arbeit war es Vincent gelungen, die vietnamesische Regierung zur Errichtung von Schutzzonen zu bewegen; dafür hatte er sich unter die Einheimischen gemischt, die Sprachen ethnischer Minderheiten gelernt und intensiv die Wälder erforscht, die sich nach den Agent-Orange-Bomben, den Bränden und dem Weinen der Kinder allmählich wieder erholten und Farbe annahmen.

EINE VIETNAMESISCHE MUTTER im Exil durchstreifte lange die norwegischen Wälder, um den Verlust ihres Sohnes zu überleben, den sie auf der Flucht vor den Schüssen, den Bomben, der Katastrophe in einem anderen Wald in Vietnam verloren hatte. Als sie dorthin zurückkehren konnte, suchte sie weiter, und an einem Muttermal am linken Ohr erkannte sie in einem Hühnerhändler ihren Sohn. Eine Cham-Familie hatte das Baby auf dem leblosen Körper seines Vaters gefunden und aus der Stoffbahn genommen, in der er es getragen hatte. Bestimmt hatte es geweint, als der Vater stürzte. Aber wie hätte die Mutter, die mit ihrer großen Tochter durch den Rauch rannte, das Weinen ihres Sohnes aus dem aller anderen heraushören sollen? Vielleicht war er auch erst nach dem ganzen Chaos erwacht, wie der Vater von Jacinthe, der immer vor dem Fernseher einschlief und hochschreckte, wenn seine Frau ihn ausschaltete. Vincent wusste nur, dass dieser Junge, der inzwischen selbst Vater war, ihn gebeten hatte, seiner biologischen Mutter zu erklären, dass er mit seiner Frau und den drei Kindern lieber weiter auf dem Grund und Boden seiner Adoptiveltern leben wollte, auch wenn er damit riskierte, als »Eingeborener« misshandelt zu werden.

Das Blut der Bergbewohner floss in Vincents Adern. Er hielt der Cham-Kultur die Treue und war fest entschlossen, deren vom Untergang bedrohte Sprache zu retten. Er kümmerte sich um dieses Volk genauso wie um die Population der Rotköpfigen Kraniche und den Halsbandhäherling, weil er es zu seinem Beruf gemacht hatte, die Schwachen zu schützen. Indem er mir zeigte, wie die Mimosa pudica bei der leisesten Berührung ihre Blätter einzieht, um sich vor Räubern zu schützen, konnte er mich überzeugen, dass ich unrecht hatte, mich für so unsichtbar und gewöhnlich zu halten wie das Gras, das in den Ritzen des Betons wächst, ohne irgendjemandes Aufmerksamkeit zu erregen außer der schüchterner junger Mädchen. Ich sei vielmehr wie die seltenen Udumbarablumen, die nach dem Glauben der Buddhisten nur alle dreitausend Jahre erscheinen, obwohl sie sich tatsächlich zu Hunderten unter der Haut ihrer Früchte verbergen. Manchmal kommen sie heraus, um auf einem Blatt oder einem Zaun zu erblühen oder in meinem ganzen Körper nach unserem ersten Kuss.

WÄHREND DER RAUM, IN DEM ich lebte, so leer war wie das Echo, das auf die seltenen Geräusche antwortete, sprachen bei Vincent alle Gegenstände und erzählten ihre Geschichten. Sie stammten aus verschiedenen Orten, verschiedenen Zeiten und verschiedenen Kulturen, aber verschmolzen und verwoben sich zu einem Nest. Das längliche Kissen auf der Holzbank mit der fein geschnitzten Rückenlehne war mit Kapok gefüllt, das von einer indonesischen Familie, bei der er einmal gewohnt hatte, gesammelt, bearbeitet und verkauft wurde; die Kokosnuss, die so ausgehöhlt war, dass sie eine Keramikteekanne fest umschloss und das Wasser warm hielt, hatte einem Mönch gehört, der die »Hütte« vor ihm bewohnt hatte; das Schneidebrett war aus dem Stamm eines hundertjährigen Baumes geschnitzt, der im Kampf gefallen war und den Vincent mit weggeschafft hatte. An einem Kreuz aus zwei riesigen Bambusstäben im Garten hing ein Dutzend alter Käfige, in denen seltene Vögel gefangen gewesen waren, er hatte sie Sammlern abgekauft, um die Tiere in ihren natürlichen Lebensraum zurückzubringen.

Abends zündete eine Frau, die er seine »vietnamesische Mutter« nannte, zur Beleuchtung des Gartens Kerzen in den Käfigen an, bevor sie nach Hause ging. In ihren von zahllosen Fältchen umgebenen Augen las ich, dass ich nicht die erste Frau war, die entzückt war von den Sternfrüchten, verzaubert vom Duft der weißen Frangipane-Blüten mit dem gelben Auge und verliebt in die reisschalenfarbenen wilden Locken, die Vincents Nacken umspielten. Zum Baden erhitzte Vincent Wasser in zwei riesigen Kesseln und goss es in eine Zementwanne, die als Regenreservoir diente. In diesem vom heißen Wasser aus den Kesseln ständig aufgewärmten Bad bat er mich, ihn nach London zu einem Wohltätigkeitsabend zu begleiten, auf dem er den Namen seiner nächsten Entdeckung versteigern wollte. Die Erfahrung hatte ihn gelehrt, dass Menschen stets bereit sind, Zehn-, ja Hunderttausende Dollars auszugeben, um ihr irdisches Dasein unsterblich zu machen.

IN DER FLÜSTERGALERIE von Saint Paul's Cathedral umrundete Vincents Stimme die vierunddreißig Meter lange Wand zwischen uns und trug mir die meiststrapazierten Worte der Welt zu, die noch nie jemand zu mir gesagt hatte. Bevor ich antworten konnte, hatte er mich schon bei der Hand genommen, um mit mir zur British Library zu laufen, wo er mir die *Magna Carta*, das Manuskript von *Alice im Wunderland* und das erste je gedruckte Buch zeigte. Vincent fühlte sich im T-Shirt genauso wohl wie im Smoking mit Manschettenknöpfen, in dem er vor vollem Saal seine Vögel und deren Geschichte vorstellte. Er nahm sein Publikum mit auf eine Reise in die Wälder und erzählte, wie dort Bäume mit ihrer je besonderen Persönlichkeit und Tiere mit ihrem einzigartigen Schicksal als Verschworene, Feinde oder Liebende zusammenlebten. Am Ende seines Vortrags präsentierte er das Foto einer riesigen Blüte, die doppelt so groß war wie er und nur alle zehn Jahre für zweiundsiebzig Stunden blühte, und sorgte mit seiner Schlussbemerkung, dass die Männer in der ihnen eigenen Art ihr den Namen »Titanenphallus« gegeben hätten, für viel Gelächter und Applaus.

Er musste mir den Arm um die Taille legen, um mich nicht zu verlieren in der Menge der Frauen, die in dem Mann mit dem Gesicht eines jugendlichen Helden, den jadegrünen Augen und schützenden Schultern eine Wiedergeburt Tarzans sahen. Immer wieder stellte er mich vor und gebrauchte dabei die gleichen Worte wie Jacinthe: »*Please meet my beautiful* Vi«, »*Je vous présente ma*

belle Vi«, »Darf ich Ihnen meine wundervolle Freundin
Vi vorstellen?« …

AUF UNSERER AUTOFAHRT zur Küste von Cornwall, wo wir im legendären Hotel Headland in Newquay übernachten wollten, fragte ich ihn, warum. Warum ich? Da erfuhr ich, dass er gesehen hatte, wie ich vor drei Jahren dem kleinen Mädchen, das in Kambodscha Ameiseneier verkaufte, die Haare flocht. Er habe gehofft, mich am Abend im Restaurant des Grandhotels von Angkor wiederzusehen, wo sich fast alle ausländischen Besucher trafen, aber vergeblich nach mir Ausschau gehalten. Ich hatte wie gewöhnlich aus Angst, Scheu und Unwissenheit allein mit einem Buch auf meinem Zimmer gegessen.

Sehr viel später in Hanoi gab uns das Leben noch eine zweite Chance: Vincent hatte mich durch die Tür zu einem Konferenzraum gesehen, in dem mein Chef sich gerade vom Umweltminister verabschiedete, den er zum ersten Mal getroffen hatte. Aus der Tatsache, dass mein königsblaues Kleid im Gegensatz zum Blassblau oder Azurblau vietnamesischer Seide noch das strahlende Blau der Trikolore ausstrahlte, schloss er, dass ich erst seit Kurzem in der Hauptstadt war. Meine rosigen Wangen und mein schneller westlicher Schritt verrieten ihm meine Ahnungslosigkeit von der Langsamkeit eines Landes im Wandel. Von der Assistentin des Umweltministers, die ihm ergeben war, ließ er sich meine Büroadresse geben. Er hätte mich gern sofort kontaktiert, musste aber für längere Zeit mit anderen Kollegen zur Erforschung einer neu entdeckten Grotte aufbrechen. Unsere dritte zufällige Begegnung in der Botschaft sah er als Bestätigung an.

Bei den Dutzenden Tieren, die um ihn herum im Wald auftauchten und wieder verschwanden, verrieten ihm oft die Farbe einer Feder, die Länge eines Schnabels, die Form eines Nestes, an denen sein Blick hängen blieb, die Besonderheiten einer Art. An mir hatte ihn fasziniert, wie ich die Knie beugte, den Rücken krümmte und die Schultern zusammenzog, um die Zartheit des jungen Mädchens anzunehmen, das die Ameiseneier für den Verkauf mithilfe kleiner grüner Blätter portionierte.

NACH UNSERER RÜCKKEHR aus Großbritannien verbrachte Vincent weiterhin viel Zeit in den Wäldern. Seine langen Abwesenheiten ließen mich an der Wirklichkeit unserer gemeinsamen Abende zweifeln: wie wir erschraken, als eine seiltanzende Ratte in den Wok einer Garköchin fiel, die gebratene Fadennudeln mit Krebsfleisch verkaufte; wie wir einer Libelle zusahen, die sich auf den Stößel setzte, mit dem Vincent die Gewürze im Mörser zerrieb; wie wir unter dem Moskitonetz einschliefen, das an den vier Ecken an verschiedenfarbigen Bändern hing, die um rostige, ungleichmäßig in Wände und Balken getriebene Nägel gewickelt waren. Hätte mir nicht jeden Morgen ein junger Bote auf seinem Schulweg das Foto eines Vogels samt Beschreibung und das Foto eines Teils von mir vorbeigebracht, hätte ich mein Leben für einen Traum gehalten oder vermutet, dass ich mir ein mythisches Wesen ersonnen habe, um mir ein Traumleben zu schaffen.

Vincent erinnerte mich daran, mich nicht wie eine Amazone auf das Motorrad-Taxi eines offensichtlich angetrunkenen Fahrers zu schwingen; nicht bei der Händlerin zu kaufen, die ihre Schweinefleischstreifen mit Insektenspray gegen Fliegen einsprühte; nicht die Mückenspiralen anzulassen, wenn ich schlief; nicht an irgendwelchen Straßenecken Dollars in Dông zu wechseln und nicht jeden Abend bei derselben Köchin Tonkin-Suppe zu essen … Er hatte aber vergessen, mich daran zu erinnern, dass der Rote Fluss in der Regenzeit Hochwasser führte. Das Wasser stieg binnen weniger Stunden und zwang die am Ufer lebenden Menschen, mit kleinen, von

Handwerkern aus dem Nachbarviertel fabrizierten Aluminiumbooten ihre Kühlschränke zu retten. Sie sprangen ins Wasser, um den Fernseher auszustecken oder ein Möbelstück heraufzuholen. Ohne den Deich um Hanoi wäre die Stadt längst untergegangen. Er hatte schon mehrere Kriege überstanden, aber ich fragte mich, ob er die vielen auf seinem Rücken errichteten Neubauten noch lange ertragen könnte. Deshalb wurden eines Tages alle Teile der Häuser, die die Deichlinie überragten, von den Behörden abgeschnitten; sie bildeten fortan eine surrealistische Landschaft aus offenen Wohnzimmern, halben Küchen und amputierten Schlafzimmern, in der sich die Bewohner weiterhin bewegten wie in einem Bühnenbild. Ich wohnte ein paar Straßen vom Deich entfernt. Bestimmt würden die Holzbalken, die dessen wenige Öffnungen blockierten, irgendwann dem Druck des Wassers oder dem Chaos nachgeben. Hoch oben auf meinem Balkon in der sechsten Etage erstellte ich eine Liste von zehn möglichen Todesarten, von denen der Stromschlag mühelos auf den ersten Platz kam, weil überall Hunderte miteinander verflochtene Stromkabel wirr und ungesichert über die Straßen hingen. Ich hatte Angst vor dem Blitz, weil ich den Regen abschöpfen musste, der schon auf dem Balkon stand, schwallweise in die Wohnung schwappte und die sechs Stockwerke über die Innentreppe hinunterplätscherte.

In dieser Nacht hätte ich gern einen Gott gehabt, um ihm Vincent anzuvertrauen. Ich hätte auch gern meine Mutter angerufen und mich bei ihr für die vielen Enttäuschungen entschuldigt, die ich ihr zugefügt hatte. Bei meinem letzten Besuch war sie jedes Mal zusammengezuckt, wenn ich neu gelernte vietnamesische Wörter mit dem Akzent des Nordens aussprach. Ihre Freunde bemitleideten sie dafür, dass sie eine Tochter großgezogen hatte, die zurückging, um dem Kommunismus zu dienen, eine rote Prinzessin, die das Andenken der Soldaten des Südens verriet. Wenn ich vom Blitz getroffen würde, sollte sie wissen, dass ich dort auch Müttern begegnet war, die ihre Söhne nicht an die Front schicken wollten, die sich nicht an den Treueschwur gehalten hatten, sondern nur hofften, dass ihre Kinder sie überleben würden, genau wie meine Mutter. Aber dann habe ich doch nicht angerufen. Ich hätte sie bloß beunruhigt mit meiner Angst in dieser Sintflut.

Vincent brach seine Forschungsreise ab, als er von den sturzbachartigen Regenfällen hörte. Er überredete mich, bei ihm zu schlafen, weil meine Matratze noch feucht war von den Wasserschäden in der Decke. Die hundert Jahre alten Ziegel seines Häuschens wiesen das Wasser anscheinend wirksamer ab als die neueren Bauten nach dem Vorbild der sowjetischen Architektur. Ich floh in seine Arme und barg meinen Kopf an seinem Hals, als ob das Gewitter noch immer draußen vor den Fensterläden tobte. Jedes Mal, wenn ich in dieser Nacht die Augen aufschlug, traf mich Vincents Blick, als hätte er kein Auge zugetan, als wäre ich einer seiner Vögel, die er geduldig und wohlwollend beobachtete. »Erzähl mir von der Sintflut, mein Engel.«

ICH ERZÄHLTE VINCENT, wie ich den kleinen Kühlschrank aus dem Büro im Erdgeschoss in den ersten Stock getragen und die Matratze vor die Balkontür gezerrt hatte, um das Wasser aufzuhalten, das durch den Spalt unter der Tür hereinkam, wie ich schließlich resignierte und das einzige Sanskrit-Mantra vor mich hin sagte, das meine buddhistische Großmutter mich gelehrt hatte.

Ich erzählte ihm auch, wie ein hoher Funktionär, Herr Luân, am Ende einer Sitzung in meinem Büro seine Marke gesetzt hatte, indem er mir das Ohr leckte. Hätte ich nicht Hàs Stimme im Kopf gehabt, wäre ich erstarrt wie ein Rehkitz im Scheinwerferlicht, statt reflexhaft zur Tür zu gehen und den Raum zu verlassen. Hà hatte mir immer wieder gesagt, dass am Hals und an den Handgelenken geschlossene Knöpfchen mich nicht schützen würden, sondern nur die Kraft, die ich entwickeln müsste, um mich davon zu befreien.

Als ich Hàs Ermutigung in Vincents Halsbeuge murmelte, wurde mir bewusst, dass meine Mutter mir vor allem beigebracht hatte, so unsichtbar wie möglich zu sein oder mich wenigstens in einen Schatten zu verwandeln, um unangreifbar zu werden, durch Wände gehen und mit meiner Umwelt verschmelzen zu können. In der Kunst des Krieges, hatte sie immer wieder gesagt, bestehe die erste Lektion darin, das eigene Verschwinden zu beherrschen, was der beste Angriff und die beste Verteidigung sei. Bis zu dem Moment, in dem ich Vincents Schweißperlen im Licht wie Kristallkugeln glitzern sah, hatte ich immer geglaubt, dass meine Mutter ihre Söhne aus Gewohnheit und aus Liebe zu meinem Vater mir vorzog. Dank dem Echo meiner Stimme in Vincents schützenden Armen konnte ich den Wunsch meiner Mutter verstehen, mich wegzuschicken und anders aufwachsen zu lassen, damit ich nicht das gleiche Schicksal erlebte wie sie. Es bedurfte zweier Kontinente und eines Ozeans, bis ich erkannte, dass sie sich selbst Gewalt antun musste, um die Erziehung ihrer Tochter in die Hände einer anderen Frau zu legen, fern von ihr und ihr genaues Gegenteil.

BURMA HATTE MICH NIE INTERESSIERT, bis Vincent mich für ein Wochenende am Flughafen von Rangun abholte, um mit mir das Wasserfest zum buddhistischen Neujahr zu feiern. Er arbeitete seit einiger Zeit in Burma und versuchte, die dortige Regierung vom rein wissenschaftlichen Charakter seiner Organisation zu überzeugen, deren einzige Sorge dem Schutz der Umwelt in gefährdeten Gebieten galt. Wie die Vögel, die sie schützte, ignorierte sie Grenzen und zog von einer Region zur anderen, ohne sich um Politik zu kümmern. Die burmesische Militärjunta verlangte von ihren Untertanen absoluten Gehorsam und regelte alles ganz genau – außer bei den Autos, die das Lenkrad sowohl links als auch rechts haben durften. Der Staatschef hielt sich minutiös an die Ratschläge der Astrologen, die im Namen der Sicherheit des Landes einen Wechsel der Fahrtrichtung empfahlen, auch wenn das dazu führte, dass die Türen der Verkehrsbusse auf der falschen Seite aufgingen. Um Frieden und Ordnung zu gewährleisten, wurde das Gemeinwohl über das Wohl der Person gestellt.

Glücklicherweise schien Bagan vor den Launen der Herrschenden sicher zu sein. Vielleicht waren seine dreitausend Tempel ein Schutz vor der aktuellen Linie und vor den Sorgen der Leute, die unbequem auf den Spitzen der Pyramiden hockten. Vincent hüllte mich in den Kokon dieser Stadt, die sich ganz im Tempo der von verträumten Maultieren gezogenen Karren zu bewegen schien. Zur Feier des birmanischen Jahresanfangs werden die Menschen traditionell mit parfümiertem Wasser besprengt, um sie von den Sünden des vorangegangenen Jahres reinzuwaschen. In Bagan macht man das mit den Händen statt mit Pumpen oder dem scharfen Strahl der Wasserpistolen wie in Bangkok oder Rangun. Auf dem Markt kauften wir Sarongs und ein Stück Holz, das man zu einem gelben Puder zerreibt, um die Haut vor der sengenden Sonne zu schützen. Männer schmieren sich das ganze Gesicht damit ein, Frauen male n sich aus Koketterie Kreise auf die Wangen. Vincent schmückte mich mit Dutzenden verschiedenen Formen, ich verteilte das Pulver auf seinen Armen und Beinen und seinem Rücken und schrieb mit meinem Finger tausend Liebesworte hinein. Er machte von uns Hunderte Fotos für unsere künftigen Kinder.

DIE LANGSAMKEIT VON BAGAN RIEF nach der von Cairanne in Frankreich, wo Vincents Familie einen Zweitwohnsitz inmitten von Weinbergen besaß. Vincent hatte den Plan, unsere jeweiligen Familien in Québec und Cairanne nacheinander in den Weihnachtsferien zu besuchen. Von mir wusste nur Hà, dass ich meinen Louis gefunden hatte und so geworden war, wie sie es sich erträumt hatte, und dass ich das Leben jetzt aus der Höhe seiner schwindelerregenden Plateaus betrachtete. Ich schwebte auf den Flügeln von Vincents Vögeln. Nein, besser, mir waren eigene Flügel gewachsen, weil er mich immer »mein Engel« nannte und im Flugzeug, mit dem Fallschirm und dem Heißluftballon fliegen ließ.

Ich hatte keine Angst mehr, dass meine Mutter aufhören könnte, Französisch zu sprechen, um Vincent ihre Missbilligung zu zeigen. Ich wollte nur meine jähe Lust zu leben mit ihr teilen, die ich zum ersten Mal spürte, aber die Umstände gaben mir keine Gelegenheit dazu. Eine Woche vor meinem Kommen erlitt sie einen Herzinfarkt und musste ins Krankenhaus. Während ihrer Rekonvaleszenz blieb ich bei ihr und meinem Bruder Long, was Vincents Kommen und meine Reise nach Cairanne verhinderte.

Hoa hatte ein Jahr zuvor das erste Baby unserer Familie geboren. Meine Mutter hätte sich gewünscht, dass ihr Enkel den vollständigen Namen ihrer einzigen ewigen Liebe trüge, Lê Văn An. Aber mein Bruder behielt nur das »Lê« des Nachnamens, weil unser Vater seiner Meinung nach dieses Privileg verspielt hatte, als er seine Frau und seine Kinder sich allein durchschlagen ließ. Long hätte sich gewünscht, dass sein Vater den Erfolg seiner Restaurantkette und seine vielen Preise für unternehmerischen Mut und wirtschaftliche Erfolge sähe. Und dass er seine Abwesenheit bedauerte. Longs schneller Aufstieg beunruhigte meine Mutter, die an den Spruch ihres Vaters denken musste, als sie zur größten Orchideenzüchterin Đà Lạts geworden war: »Erfolg ist oft der Vorbote eines Unglücks.« Sie machte sich immer noch Vorwürfe, zu viel gearbeitet und zu sehr geliebt zu haben. Wenn sie die Eskapaden ihres Mannes nicht hingenommen hätte, wenn sie ihn auf sich zukommen lassen hätte, statt stets seinen Wünschen zuvorzukommen, wenn sie vor ihm geweint hätte statt immer nur heimlich, hätte er vielleicht die Chance gehabt, seine Rolle als Familienober haupt anzunehmen. Sie wollte alles wiedergutmachen, indem sie Hoas Fähigkeiten stärkte, Long nach seinen lärmenden Arbeitstagen mit vielen Menschen, vor allem Frauen, die sich zu sehr für ihn interessierten, einen stillen Hafen der absoluten Ruhe zu bieten. Aber sie drängte auch oft darauf, das Baby zu nehmen, damit Hoa regelmäßig zum Friseur ging, Sport machte und Long zu gesellschaftlichen Ereign issen begleitete. Da sie einen Teil des von Long entworfenen Zweigenerationenhauses bewohnte, konnte sie sich leicht zurückziehen und nach Bedarf eingreifen. Sie beobachtete immer, wann Long nach Hause kam. Wenn er zu oft zu lange ausblieb, kochte sie seine Lieblingsgerichte. Sie rief ihn bei der Arbeit an, ohne ihn zu drängen, ohne zu erwähnen, dass die Familie auf ihn wartete, ohne ihn zu ermahnen, dass er dem Begehren nicht nachgeben solle. Sie lieferte Hoa einfach das Essen und hoffte, durch die Wand ein Lachen zu hören oder zwei.

BEI LỘC DAGEGEN WAR meine Mutter selten zu Besuch. Er hatte nach seiner Habilitation in Onkologie eine Stelle in Princeton angenommen. Traurig musste sie zur Kenntnis nehmen, dass Lộcs amerikanische Frau ihn vorwiegend mit Tiefkühlkost ernährte. Lộc kochte besser und sehr viel öfter als Sheryl. Meine Mutter begriff, dass sie Freude daran hatten, über Moleküle zu diskutieren und gemeinsam den einen oder anderen Artikel zu schreiben. Ihrer Meinung nach bereicherte ihre eheliche Partnerschaft ihre beruflichen Beziehungen und umgekehrt. Aber sie behielt ihre Kommentare für sich, aus Respekt und vor allem aus Unverständnis. Sie begnügte sich damit, den Kofferraum von Lộcs Wagen mit vorbereiteten Gerichten in Kühlboxen vollzuräumen. Aus Liebe nahm Lộc alles mit und belog an der Grenze den Zollbeamten: *I have no food.*

IM VERGLEICH ZU LINHS taiwanesischer Frau erwies sich Sheryl aber als Wunschschwiegertochter. Mei war so hübsch, dass sie von den chinesischen Restaurants in Montréal stets als Hostess am Empfang postiert wurde. Bei ihrer ersten Begegnung hatte Linh sich in sie verliebt und war nach Montréal gezogen, sobald er konnte. Sie schienen das perfekte Paar zu sein, auch wenn Mei erst frühmorgens, wenn die Restaurants längst geschlossen hatten, von der Arbeit heimkam. Linh beklagte sich nie darüber, denn während er nachts auf sie wartete, arbeitete er weiter an seinen Beraterverträgen, zusätzlich zu seiner Tagesarbeit.

Auf ihrer Hochzeitsfeier hörte ich Gäste das vietnamesische Sprichwort murmeln: »Eine schöne Frau gehört immer den anderen.« Linhs Frau verfiel dem Spiel. Sie ersetzte Linh durch das Kasino. In nur wenigen Jahren verspielte sie ihre Frische, ihre Unschuld und ihr gemeinsames Haus. Obwohl Linh mit seiner Arbeit extrem viel verdiente, musste er sich irgendwann geschlagen geben. Meine Mutter, die sich nie erlaubt hatte, den Bruch mit meinem Vater zu beweinen, trauerte mit Linh. Vielleicht hatte Linhs Schmerz aber auch ihre Kämpfernatur überfordert. Als ich die Muskeln in ihrem Gesicht erschlaffen sah, musste ich an die englische Metapher *the straw that broke the camel's back* denken. Seither suche ich nach einer französischen Entsprechung dafür. »Der Tropfen, der das Fass zum Überlaufen bringt«, höre ich oft. Aber das ist kein Bild für meine Mutter, die sich zurückzog und in sich selbst verkroch, als wäre etwas in ihr zerbrochen.

Glücklicherweise kam dann ihr Enkel zur Welt und gab ihr einen Grund, wieder aufzustehen.

MEINE MUTTER SCHICKTE MICH nach Hanoi zurück und versprach, mich in Vietnam zu besuchen, sobald Long den Kauf eines neuen Franchise-Unternehmens abgeschlossen hätte, obwohl sie selbst nicht daran glaubte. Hoa brachte mich zum Flughafen und kündigte die Geburt ihres zweiten Kindes an, um mich zu beruhigen. »Das wird sie wieder auf die Beine bringen, mach dir keine Sorgen!«

Wie gewohnt stieg ich mit einem Koffer voller Bücher ins Flugzeug. Damals konnte man in Vietnam nur schlecht zusammenkopierte Raubdrucke von Duras' *Liebhaber*, Greenes *Stillem Amerikaner* und Lonely-Planet-Reiseführern bei zerlumpten jungen Analphabeten auf der Straße kaufen. Gelegentlich boten die zwei, drei Buchhandlungen in Hanoi wissenschaftliche Werke an, die Expats zurückgelassen hatten. Da mich so gut wie jeder Aspekt des Projekts, für das ich arbeitete, überforderte, las ich alles, was mir in die Finger kam, um ohne allzu großes Zittern an den Sitzungen mit den Generaldirektoren staatlicher Unternehmen, Landwirten oder dem Ausschuss für soziale Angelegenheiten der Nationalversammlung teilnehmen zu können. Außerdem zählte ich dank dieser Bücher die Tage, an denen Vincent nicht da war, nicht mehr Minute für Minute.

Nach den Feiertagen landete Vincent zwei Tage nach mir in Hanoi. Am Abend machte ich ein vietnamesisches Fondue mit einer klaren Brühe, in der wir Streifen von Huhn, Rind, Schwein sowie Krabben und Venusmuscheln garten. Vincents Lieblingsbestandteil war der Gemüsekorb, den es zum Fleisch gab. Seine »vietnamesische Mutter« hatte mir dabei geholfen, Wasserrosenwurzeln, junge Bambussprossen, Wasserspinat, Bananenblüten, Gurkenblüten, Okras und Strohpilze zu finden und eine Mimosenart, deren Geschmack und Textur er besonders liebte. Das Fondue schmeckte in größerer Runde besser, weil die Bouillon kräftiger wurde, je mehr Zutaten darin schmorten. Obwohl ic h Vincent lieber für mich allein gehabt hätte, teilte ich ihn daher mit unseren Freunden in Hanoi. Die begrenzte, aber intensive Freundschaft unter Expats bildete eine unvergleichliche Familie. Da es Kino, Theater und andere kulturelle Vergnügungen nur in der Landessprache gab, unterhielten wir uns gegenseitig.

Sonntags schlemmten wir drei, vier Stunden beim Brunch im Sofitel-Hotel, einer Oase von Leckereien, die auf dem örtlichen Markt unauffindbar waren: Rosette de Lyon, Eisbein, Kalbsragout, Brioche, Graved Lachs, Crème brûlée, Austern, Cassoulet, Coq au vin, Baba au Rhum, gebratene Gänseleber, Langusten, Paris-Brest-Windbeutel, Tarte tatin, Käseplatten mit tausend verschiedenen Sorten usw. An den übrigen Wochentagen trafen wir uns oft bei Freunden, die uns an ihren Errungenschaften teilhaben lassen wollten. Drew, ein Australier, der zwischen Indien und Vietnam pendelte, führte uns in die Gewürze der indischen Küche ein, Antoine, ein Libanese und Gourmet, konnte perfekt Fisch grillen, Marianne, eine Brasilianerin aus Rio, mixte lieber Cocktails, Philipp, ein Deutscher, war immer pünktlich, auch in einem Land, in dem Zeit ein dehnbarer Begriff war, und Nicholas, unser großer Eisbär, machte alles mit Liebe … Unsere Tischrunden umfassten oft so viele Nationalitäten und Mitglieder wie der Sicherheitsrat der Vereinten Nationen, die alle unterschiedliche Berufen und Hunderte Geschichten zu erzählen hatten.

An unserem Fondue-Abend vertrieb Vincent die Freunde früher als gewohnt, weil er mir seine Weihnachtsgeschenke allein überreichen wollte. Seit Monaten hatte er in den Bergen Erika gezüchtet, weil ihm aufgefallen war, wie lange ich über die Heidekrautbüsche auf einem Foto von seinem Familiensitz in Orléans geredet hatte, statt das Haus seiner Ahnen im Hintergrund zu bewundern. Nach mehreren Anläufen war es ihm gelungen, einen Blumenkasten mit Erika zu bepflanzen, der ein perfekter Schmuck für den Fenstersims war. Sein zweites Geschenk war ein Säckchen mit weißen Kirschen, die außerhalb der Saison gedeihen, aber ebenso köstlich sind wie die roten im Herbst. Als Kinder in Vietnam zeichneten wir Kirschen alle auf dieselbe Weise: zwei, drei Früchte, die an ihren Stielen zusammenhingen, obwohl keiner von uns je eine gesehen, geschweige denn probiert hatte. Es gab wohl eine Sorte Obst, die denselben Namen trug, *sơ ri*, aber nicht dieselben Eigenschaften hatte. Die eine war groß, die andere klein, die eine süß, die andere sauer. Den größten Unterschied aber machten die Kerne: Die vietnamesische *sơ ri* hatte drei weiche Kerne in der Mitte, die andere nur einen einzigen harten. So konnte ich von Vincents Kirsche die Hälfte mit dem Stein behalten, als wir gleichzeitig hineinbissen. Er legte mir den Zeigefinger auf die Lippen und küsste mich auf die Schläfe. Ich wunderte mich, dass er es überhaupt gemerkt hatte; meinem Vater war, glaube ich, nie klar gewesen, dass meine Mutter die Kerne der Bananen- und Gurkenscheiben entfernte, die sie ihm auftischte. Bestimmt hatte auch Tân geglaubt, dass seine Brieftasche mithilfe eines unsichtbaren Magneten die Schlüssel anzog und seine Jacken sich automatisch wieder an die Bügel hängten. Obwohl der Kaffee durchlief, während er duschte, und die blank geputzten Schuhe vor der Tür auf ihn warteten, bemerkte Tân nur das Grau des Himmels, den plärrenden Wecker einer Nachbarin und die Erhöhung der Einkommens- oder Umsatzsteuer.

Ich hätte zehn Zentimeter von meinen Haaren abschneiden können, ohne dass Tân darüber ein Wort verloren hätte, während schon die leiseste Rötung, die auf eine Verbrennung beim Kochen schließen ließ, Vincents Aufmerksamkeit und Sorge wachrief. Vincent hatte sich über der rechten Hüfte auf der Höhe des Gürtels »vi« tätowieren lassen, ein Zeichen, das sein drittes Geschenk ankündigte: einen Ring mit einem quadratischen Saphir und Diamantenstaub an allen vier Seiten. Es war der Ring seiner Großmutter, die ihn gleich nach Weihnachten, als Vincent ihr Fotos von mir gezeigt hatte, von ihrem kleinen Finger zog. Es war der erste Ring, den ihr Juwelier-Ehemann ihr einst geschenkt hatte, und den wählte sie aus ihrer großen Schmucksammlung aus, um ihn ihrem Lieblingsenkel zu vermachen.

Vincents Geschenk berührte und erschütterte mich, denn ich hatte meine vier Großeltern verloren und seit meiner Rückkehr nach Vietnam auch nicht versucht, meinen Vater wiederzusehen. Meine Geschichte war abgeschnitten und neu erfunden worden. Nichts, was meine Mutter oder ich besaßen, trug die Spur der Generationen, anders als unser alter Ahnenaltar, der seit mindestens hundert Jahren Zeuge aller Hochzeiten, Totengedenktage und Neujahrsfeste gewesen war. Ob er zum Zentrum einer anderen Familie geworden war, seit er uns geraubt wurde? Ob die Seelen meiner Ahnen ihm gefolgt oder bei meinem Vater geblieben waren? Oder waren sie mit uns geflohen, um uns in einen sicheren Hafen zu führen? Der Saphirring an meinem Finger verband mich mit Vincents Liebe, aber vor allem mit der langen Geschichte seiner großen Familie, auch wenn diese mir noch unbekannt war und bis heute ist.

ICH WAR ALS DELEGATIONSLEITERIN einer Gruppe vietnamesischer Berater in Singapur, als Vincent die Nachricht erhielt, dass seine Großmutter nach einem dummen Sturz im Sterben liege. Er flog sofort hin und fand die ganze Familie um jene Frau versammelt, die ihn gelehrt hatte, seine ersten Noten auf dem Klavier zu spielen, sein erstes Gedicht aufzusagen und seine erste Fliege zu binden. Kein Duft unter den Düften in seiner Erinnerung war süßer und tröstlicher als der ihrer Marmelade aus reifen Honigmelonen, lauwarm auf Brillat-Savarin serviert, der in der Nachmittagssonne zerlief. Nachdem ich ein Foto von den Lavendelsträußen gesehen hatte, die an einem Balken in ihrer Küche hingen, konnte ich mir den jungen Vincent vorstellen, der mit einem Weidenkorb in der Hand seiner Großmutter auf die Felder folgte. Er liebte diese Großmutter, der er seine französischen Wurzeln verdankte, auch wenn er als Diplomatensohn im Rhythmus der Wahlen Länder und Freunde wechseln musste und wie ein Einsiedlerkrebs immer in geborgten Gehäusen wohnte.

Während meiner Mission in Singapur war wegen meines vollen Programms und der sechs Zeitzonen, die zwischen uns lagen, eine Kommunikation unmöglich. Nach meiner Rückkehr rief Vincent mich an, die Stimme erstickt von Trauer und Erschöpfung. Beim zweiten Anruf klang er hoffnungsvoller, seine Großmutter habe schon wieder ein paar Löffel Apfelmus zu sich genommen. Sie sei über den Berg, und er könne seine Rückkehr nach Hanoi ins Auge fassen. Und dann nichts mehr. Keine Nachricht außer einer Mitteilung zwei Wochen nach seinem letzten Anruf: »Du fehlst mir, mein Engel.«

Auch Vincents »vietnamesische Mutter« tappte im Dunkeln und hatte keine Neuigkeiten von ihm. Aber sie war seine unvorhersehbaren An- und Abwesenheiten gewohnt. Sie hielt das Haus in Ordnung, sammelte gelbe Blätter und Verblühtes ein, staubte die Fensterläden und sein Fahrrad ab und ersetzte die Früchte im Korb täglich durch frische, falls er eines Nachts nach Hause käme. Ich bat sie, das Bett nicht frisch zu beziehen und Vincents schmutzige Wäsche nicht zu waschen, damit ich in seinem Geruch einschlafen konnte. Sie tröstete mich mit Reisbrei und Ingwertee. Niemand hatte etwas von ihm gehört, nicht einmal seine Mitarbeiter. Der Geschäftssitz seiner Organisation in London hatte nur seine Adresse in Vietnam, wo er seit sieben Jahren wohnte.

ICH ZOG IN VINCENTS HÄUSCHEN EIN. Seine »vietnamesische Mutter« und ich taten unser Möglichstes, um nichts zu bewegen, nichts zu verrücken. Ich bewahrte jedes seiner Haare auf, die ich im Staub, auf den Matten oder in den Maschen der Hängematte fand. Seine Sandalen und Pantoffeln sind in Seidenpapier eingewickelt, damit der Abdruck seines Fußes erhalten bleibt. Ich habe die gleichen Kerzen, die gleichen Reinigungsmittel, das gleiche Shampoo gekauft. So tauche ich, wenn ich das Haus betrete, wieder in dieselben Gerüche ein. Mein Freundeskreis dagegen ist nicht derselbe geblieben, es wurde schwierig, Diskussionen über Hypothesen zu Vincents Verschwinden auszuweichen. Ohnehin wechseln Expats häufig die Stadt oder das Land, je nach ihren Verpflichtungen und Verträgen, die stets von ungewisser Dauer sind.

Meine beiden Konstanten, Hà und Jacinthe, kamen nacheinander zu Besuch. Jacinthe brachte mir Fotos von meiner Mutter und deren Enkeln mit, Hà einen von zwei Diamantohrringen, die meine Mutter zur Hochzeit bekommen hatte. Sie hatte beide verschluckt, um den antikapitalistischen Razzien in Saigon zu entgehen, und drei Tage später nur einen wiedergefunden. Während der Flucht übers Meer hatte sie ihn im Bund ihrer Hose versteckt. Und in Québec machte sie lieber ungezählte Überstunden, um uns über die Runden zu bringen, als diesen Diamanten zu verkaufen, der ihren Status als Ehefrau meines Vaters symbolisierte: Madame Lê Văn An.

Ich bat Hà und Jacinthe, meiner Mutter nichts von

Vincent zu erzählen, weder, dass es ihn gab, noch, dass er verschwunden war. Sie wäre am Boden zerstört gewesen, wenn sie erfahren hätte, dass ihre Tochter das gleiche Schicksal, die gleiche Geschichte, den gleichen Verlust durchleben musste wie sie.

ICH BESUCHTE ALINE, eine alte Freundin Vincents aus der Schweiz, die seit rund zehn Jahren ein Waisenhaus in Ước Lễ leitete, etwa zwanzig Kilometer von Hanoi entfernt. Als junge Touristin hatte sie eines Abends in einer Gasse hinter ihrem kleinen Hotel im Backpacker-Viertel ein Kind schluchzen hören. Sie hatte auf dieses Weinen reagiert, das sie verzaubert und fortan an Vietnam gebunden hatte. Von Aline erfuhr ich, dass das Waisenhaus jeden Monat einen bedeutenden Beitrag von Vincent erhielt. Das Geld wurde automatisch und ohne irgendwelche Formalitäten auf das Konto überwiesen. Vincent sei schon oft verschwunden, ohne zu sagen, wann er zurückkommen wollte, gab sie zu bedenken. Man müsse sich um ihn keine Sorgen machen.

Wenn ich freihatte, floh ich von da an ins Waisenhaus, es gab dort immer eine Wand zu streichen, ein Essen zu kochen, einen Verband zu wechseln, ein Kind zu trösten, einen Rollstuhl zu schieben, einen Rücken zu streicheln, einen Eimer zu tragen, ein Wiegenlied zu singen. Als ich eines Abends mit Hạnh, einer ehrenamtlichen Helferin, das Geschirr spülte, sprach sie mich auf meinen Familiennamen an. Hạnh kannte und liebte meinen Vater und beschrieb ihn auf eine Weise, die anscheinend nicht das Geringste mit dem Bild zu tun hatte, das meine Brüder, meine Mutter und alle, die ihn kannten, von ihm gezeichnet hatten. In unserem zweiten Gespräch gestand Hạnh, sie habe mich schon anhand der Fotos von meinen Brüdern und mir erkannt, mit denen mein Vater seine Schlafzimmerwände tapeziert hatte. Ein paar habe er von Hà bekommen, andere von meiner Mutter. Hạnh schlug die Augen nieder, um ihre Tränen zu verbergen, als sie mir von seinen Fluchtversuchen erzählte, neun an der Zahl. Er wollte es alleine schaffen, die Bürgschaft meiner Mutter oder gar meines Bruders Long anzunehmen verbot ihm sein Stolz. Diese Prüfung musste er bestehen. Erst verkaufte er alles, was er besaß, um seine Flucht zu finanzieren. Dann gab er Englischunterricht, bediente in Restaurants und übersetzte unter Pseudonym ein Buch, das ihm ein australischer Kunde heimlich geschenkt hatte. Entgegen allen Erwartungen wurden *Die Dornenvögel* ein großer Erfolg, was ihm einen neuerlichen Fluchtversuch erlaubte. Aber er hatte die Welle der *Boat People* verpasst. Selbst Flüchtlinge, die schon im Lager angekommen waren und sich dort eingerichtet hatten, wurden nach Vietnam zurückgeschickt.

Mein Vater fand es nur gerecht, dass das Leben meine Mutter mit unserer Anwesenheit belohnte und ihn mit unserer Abwesenheit bestrafte. »Er weiß, dass du in Vietnam arbeitest«, schloss Hạnh ihren Bericht. Und vermied es von da an aus Taktgefühl, über meinen Vater zu sprechen. Sie hatte wohl verstanden, dass ich das Schweigen brauchte, um seine Stimme wieder zu hören, und Zeit, um den Weg zu ihm zurück zu finden.

DIE JAHRESZEITEN DRÄNGELN, um mit den immer gleichen Liedern zu uns zurückzukehren, außer an diesem ersten Frühlingstag, an dem Aline, Hạnh und ich in dem Café am See des zurückgegebenen Schwertes ohne Mantel Tee trinken können. Wir feiern, dass eines ihrer Waisenkinder von einem Gymnasium des Viertels aufgenommen wurde. Es sind viele Gäste da, doppelt so viele wie sonst. Das Lächeln und Lachen der Spaziergänger überzieht die langen Lianen der Trauerweiden mit festlichem Glanz. Doch unter all den Gesichtern ringsum erkenne ich keines, das Vincent noch kennt. Vincents Hanoi existiert nicht mehr.

Ich zögere, Aline und Hạnh anzukündigen, dass mein Auftrag in Hanoi zu Ende ist. Ich zögere, meinem Wunsch zu folgen, mich nach Nowhere, Oklahoma, zurückzuziehen. Ich zögere, ein zweites Mal aus Vietnam zu fliehen. Ich zögere, Hạnh nach der Adresse meines Vaters zu fragen. Ich zögere, mich von den verblichenen Laken Vincents zu trennen, von seiner Hängematte mit den zerrissenen Maschen, von seinen eingetrockneten Kugelschreibern, von seinem Moskitonetz, das alle zehn Zentimeter geflickt ist.

Ich zögere, mich zu verlassen, Vincents Vi aufzugeben.

Ich zögere, weil ich gehen wollte, ohne etwas zu sagen, ohne etwas mitzunehmen außer dem großen blauen Tuch von Vincent.

Während ich zögere, entscheidet Hạnh für mich: »Dein Vater ist in Hanoi … im Waisenhaus. Er wird einen Monat bei uns wohnen.«

»Wir kümmern uns um ihn, bis er wieder gesund ist«, fügt Aline hinzu.

Ich sehe die Menschen in Scharen zum anderen Ende des Sees strömen. Der Panzer der hundertjährigen Schildkröte ist gerade wieder aufgetaucht, und das verheißt dem Glauben nach gute Neuigkeiten.